开学第一课

国家教育部、中央电视台联合推荐
全国小学生梦想美文优秀作品

照亮心灵的太阳

《开学第一课》编写组　编

时代文艺出版社

图书在版编目（CIP）数据

照亮心灵的太阳 /《开学第一课》编写组编. —2版.
—长春：时代文艺出版社，2016.2（2023.7重印）
（开学第一课. 小学生）

ISBN 978-7-5387-5011-9

Ⅰ. ①照… Ⅱ. ①开… Ⅲ. ①中国文学－当代文学－作品综合集 Ⅳ. ①I217.1

中国版本图书馆CIP数据核字（2015）第286370号

出 品 人　陈　琛
责任编辑　闫松莹
助理编辑　孙英起
装帧设计　孙　利
排版制作　隋淑凤

照亮心灵的太阳

《开学第一课》编写组　编

出版发行 / 时代文艺出版社
地址 / 长春市福祉大路5788号　龙腾国际大厦A座15层　邮编 / 130118
总编办 / 0431-81629751　发行部 / 0431-81629755
官方微博 / weibo.com / tlapress　天猫旗舰店 / sdwycbsgf.tmall.com
印刷 / 北京市一鑫印务有限公司
开本 / 710mm×1000mm　1 / 16　字数 / 109千字　印张 / 12
版次 / 2016年2月第2版　印次 / 2023年7月第3次印刷　定价 / 36.00元

图书如有印装错误　请寄回印厂调换

《开学第一课》编委会

编委会主任：韩　青　许文广

主　编：许文广

副主编：卢小波

编　委：张雪梅　骆幼伟　张　燕　吴继红
　　　　陈　琛　娜仁琪琪格　苗欣宇

《开学第一课》的价值

有人问我，《开学第一课》的价值在什么地方？我认为最重要的就是全社会希望并通过我们传递出来的价值观。多元是时代进步的标志，我们尊重不同的声音和价值理念，但是作为教育部和中央电视台联手举办的这项公益活动，我们要传递的是主流的、与时俱进又符合中华文明传统的价值观。

在2008年，我们通过《开学第一课》传递了抗震精神和奥运精神；2009年正值新中国60周年华诞，我们在象征着民族精神的长城，为孩子们播撒下爱的种子；2010年，我们告诉孩子们，一个拥有梦想的民族，一个不断仰望星空的民族，就是拥有未来的民族，人生的每一个阶段都需要梦想的指引、坚持和探索，而每个人的梦想汇集起来就可能成为国家的梦想、民族的梦想。

举办《开学第一课》三年来，我个人也有一个梦想，我梦想这项目光远大、朝气蓬勃的公益活动能够坚持举办10年，让它给这一代孩子的成长提供正面的、积极向上的力量，这就是《开学第一课》的意义所在。

我希望全社会的力量汇集起来，给孩子们一种价值观的教育，中央电视台愿意承担使命，联同教育部把这项公益活动做好。我们也欢迎全社会各界积极参与、支持，从出版、纸媒、网络、志愿行动、慈善事业等各个方面，加入到这个追逐共同梦想、打造恒久价值的公益活动中来。

由此，我亦十分高兴地看到《开学第一课》系列丛书的出版，我相信时代文艺出版社正是基于我们共同的理想，以出版的力量为孩子们的未来创造了更丰富的阅读食粮，为《开学第一课》的精神理念提供了更多样的传递方式。

中央电视台 许文广

CONTENTS
目录

第一部分　花儿的翅膀

第二部分　歌声在林子里回荡

第三部分　一米阳光

第四部分　爱你有多远

第五部分　梦想的风铃

第六部分　迎着风的方向

第一部分
花儿的翅膀

　　天鹅昂首高歌，嘴里喷出熊熊的圣火，直冲蓝天。而它的两个大翅膀上沾满了各种各样的花瓣，整个会场芳香而温馨。在每个花瓣之间，还有许多的星星状的各色彩灯，美妙极了！

——马肖肖《奇妙的奥运会》

魔幻大陆之旅

张天翼

一、进入魔幻大陆

为了庆祝我被任命为"宇宙和平大使"，妈妈带我去沙滩上玩。玩着玩着，我面前突然出现了一个小洞。我好奇地钻了进去。洞很深，我不知磕磕绊绊走了多长时间才来到最深处。洞里阴气逼人，洞壁上的串串水珠好像一面面魔镜，照得我头皮一阵发紧。"赶紧回吧，妈妈会着急的。"一个声音从我心底响起。我正打算离开，一块石碑跃然眼中。我又忍不住走了过去。碑的形状很普通，与平常所见没什么区别，只是碑上一个字也没有。我正纳闷，奇迹发生了：本来光秃秃的碑上突然出现了一行字，下面还有一个掌形印记。我不由得读出声来："异空间入口，按开关进入魔幻大陆。"强烈的好奇心驱使我将手放了过去，然后我就晕了过去。

二、临危受命

当我醒来时发现自己躺在一张石床上，旁边有许多人。我想坐起，却发现四肢好像不是自己的，一点儿不听使唤。这时一个人对我施出一道咒语，这道咒语一碰到我，我立刻恢复了精神。然后，一个身材高大的人把我带进了王宫。

我看见侍卫对国王耳语了几句，国王就转向了我。他对我说："你好，少年，我是这里的国王。欢迎你来到魔幻大陆。魔幻大陆是一片用空间魔法封闭起来的富饶的土地。由于封闭，这里没有战争，人民安居乐业，过着世外桃源的生活。"我茫然地看着他听他讲下去："少年，今天请你来是想请你能帮我们一个忙。""什么事？"我不解地问。"五十万年前，一些人对我们这个地方虎视眈眈。于是，当时的国王不得不利用魔法把它封闭起来，就是这魔法保佑我们世世代代享有和平。可是三百年前，犬妖族、僵尸族、恶魔族冲入了魔幻大陆，妄想占领我们美丽的家园。现在，犬妖、恶魔已被我们杀死了。实力强大的僵尸族也被太阳祭司封印在神庙里，靠太阳神的力量束缚它。可是最近几年的一些预兆告诉我们，僵尸马上就要复活了！""你是想让我帮你们杀死那群僵尸？""是的，请跟我来。"

三、魔法加身

我随国王来到一个金碧辉煌的水晶宫殿。国王指着其中一个最璀璨夺目的对我说："这是我们的镇国之宝，叫魔幻水晶。这是一种稀有的水晶，只有它有可能打败僵尸。我们至今还无法知道其强大灵力的来源。但这种灵力只有和爱好和平、具有纯洁思想与坚强意志的人结合才能发挥，而你就是我们选中的人。现在我把它送给你，希望它能帮助你降妖除魔，还我们和平。"

在经历了一系列的沐浴盥洗与祷告跪拜等仪式后，国王对着中心的红色水晶念出一段咒语。只见从红色水晶中走出六个彪形大汉，他们把我围在中间，用头向我顶来。我掏掏口袋，掏出一瓶胡椒粉，"唰拉"一撒，把六个彪形大汉的眼睛眯了。我趁机跑出重围，让六个彪形大汉撞在一起。顿时他们脑浆迸裂。这时我面前出现一束光，同时国王的声音再次响起："少年，你有成为魔法师的资格，我现在就把初级、中级、高级咒语传授给你，不过一些必杀咒语还得自己领悟。"国王说完，三道光芒融入了我体内，我拥有了"震石咒"、"避水咒"、"传送咒"等等。

四、圣石洞得宝

从水晶宫殿出来，我思谋着从何下手。不知不觉中来到一片湖前。我想不如先玩一玩，便纵身跃入湖中。游着游着，我发现自己正被一种异在的力量吸入一个迷宫。迷宫中有很多岔路口，每个路口都通向一个对我充满诱惑的所在：一个路口通向一株金光四射的摇钱树，那沉甸甸的金元宝摇来晃去向我招摇并且对我说："你不是希望做一个伟大的商人吗？那就来吧，我能帮你实现愿望"；另一个路口是一个巨大的机器，它也张口说话了："小伙子，快来吧，我是时间变形器。我能在家长和老师毫无察觉的情况下变换时间的时长，让你玩游戏的一分钟变形为一小时那么长，而让学习的一小时变成一分钟那么短。这样，你就不用为学习时间太长而玩耍时间太短烦恼了"；又一个路口是……我几次拔脚想走向它们，但内心一个声音一次次顽强地响起："你是来帮助这里的人民免除灾难的，你不是来玩耍和享受的。"最终我纯洁的意念打败了贪欲，我拒绝了所有的诱惑。这时，奇迹出现了：所有的岔路口都消失了，一个水中隧道的巨大石门出现在我面前，石门上写着："恭喜你破解了水魔障。开启巨石之门后可得到水晶法杖。""水晶法杖？"我想这一定是能帮助我的宝物，因此使出"震石咒"来轰巨石之门。可是法咒的力量在水中越变越小，最后竟没有了。我想起了国王的话，于是定睛凝神。我想：法咒的力量是在水中变小的，那么如果我用"避水咒"使水消失不就可以了吗？想到做到，我先使了一道"避水咒"，接着又发出一道"震石咒"。终于，石门被震碎了，我拿到了水晶法杖。

五、决战僵尸王

拿着水晶法杖我来到了太阳神庙。太阳神庙前围了很多人。我好奇地凑了过去。原来太阳神棺被打开了，两个祭司也被杀死躺在棺旁。其中一名已经是一具骷髅了，另外一名的手指在地上，指着一个方向，似乎想告诉我们什么。我心头一惊："这一刻终于来到了，我得赶紧通知国王。"于是我用传送咒回到了皇宫。我的眼前一片狼藉，混乱的人们纷纷裹箱挈囊夺路而逃，显然僵尸已对皇宫发动过袭击了。看见我，国王大惊失色："不好了，僵尸族首领僵尸王复活了，它300年前更强大了！"我对国王简单安抚了几句就投入了战争。

我用传送咒把自己传到了死灵战场与僵尸王正面交锋。还没等我站稳，僵尸王射出一条绷带将我团团捆住，然后用定身咒击我，使我不能动弹。七七四十九天过去了，被定住了的我滴水未进，身体已极度疲劳，更可怕的是我的意识也开始模糊了。我努力用意志来支撑自己："为了……和平，千万……不……能……认输，"我坚强的意志刺激了水晶法杖，我和水晶法杖合为一体了！我突破了定身咒，跳起来，向僵尸王发出了一道无名咒，僵尸王爆炸了！我捡起一块它的碎片，念起传送咒回到王宫。

"怎么样了？"见我回来国王焦急地问。我得意地拿出碎片让国王看。"国王，我今天一定要杀死你！"僵尸碎片突然说话了。这时，我才意识到，它只要有一片碎片就可以无限重生。因此，我赶忙把它丢到地上，用法咒把它轰得一干二净。

魔幻大陆重又恢复了往日的祥和与平静。国王在水晶宫殿里为我举办了盛大的庆功宴。在庆功宴上，大家频频对我举杯，不胜酒力的我很快醉倒了。

六、尾声

睡梦中一个天使从天而降，他送给我一枚勋章并且对我说："和平是宇宙间良好秩序的保障，是人民安居乐业的前提，是所有星球人民共同的心愿。作为宇宙和平大使，你顽强地与邪恶作战，维护了正义，为魔幻大陆人民带去了和平。这是对你出色履行自己职责的表彰。希望你继续努力，为和平做出自己的贡献。"说完，天使腾云而去，我也一个激灵醒来了。我发现自己躺在沙滩上，妈妈正在一边焦急地叫着我的名字。"难道刚才的一切全是梦吗？"正狐疑，我突然被什么硌了一下，原来是一把水晶打造的魔杖和一枚金光闪闪的勋章。"我会努力的！"不顾妈妈不解的目光，我激动地大声对着天空喊。

三只小猪

贾子萱

　　一天，猪妈妈对自己的三个儿子说："你们都长大了，也该学会自己独立生活了，今天你们就自己去找住的地方，你们自己去盖自己的房子吧。"

　　三只小猪很高兴，各自穿上自己的衣服就出了门。第一只小猪穿的是蓝色的衣服，第二只小猪穿的是黄衣服，第三只小猪穿的是绿衣服。等找到自己认为合适的地方，就开始盖自己的房子了。第一只小猪抱来很多干草，它用干草搭了一个窝，没一会儿工夫，它的房子就盖好了，它还自豪地说："这样的房子住着才会舒服呢。"第二只小猪用木头桩子在自己的四周插了一圈，再在圈里铺上很多干草，这样它的房子也盖好了。它也高兴地说："我们猪住的有个圈就行了，再说了，我们的祖先不都是这样过来的吗？"第三只小猪没有像其他两只小猪那样，它费了九牛二虎之力找来砖和水泥，打算盖一座结结实实的房子。

　　过了一会儿，两只小猪的房子都盖好了，就互相来参观各自的房子，当它们看到弟弟还在那儿一块砖一块砖地盖房子时，就异口同声地说："你快点吧，从前你不都是得第一的吗？怎么这次就落后了呢？"猪小弟说："你们盖的房子虽然快，但不结实，如果狼来了怎么办？"两只小猪就说："哪里会有那么多狼呀！那是妈妈骗我们的。房子只要能住就行了呗！费那么多力气干吗？"

日子一天天地过去了，在两个哥哥玩耍时，猪小弟依然在汗流浃背地忙活着。

有一天，狼真的来到了小猪们的家。小猪们都躲在自己家里谁都不敢出来。

狼在第一只小猪家敲门，小猪吓得不敢开门，狼气急了，它吐了一口气，就把小猪的茅草房子吹倒了，第一只小猪四蹄飞奔连滚带爬地往猪小弟家跑。可惜稍慢了些，自己的半条尾巴被狼叼去了，可也总算捡了条小命。第二只小猪一看情况不妙还没等狼来到自己的家门前就溜到了猪小弟的家。

狼也不傻，追到了猪小弟的门前，它用头撞门，用牙咬门，可是都无济于事。自己的头还被撞了一个大包。

三只小猪从门缝里看到了狼的狼狈样儿，笑得非常开心。狼没有就此罢休，它又想了一个办法。它爬上猪小弟的房顶，从烟囱里往下跳。三只小猪想了个办法。在灶上点起柴火，把刚烧好的水倒进锅里，狼屁股刚落地就一下子跳进了滚烫的锅里，火烧得正旺，水"咯嗒咯嗒"叫得正欢，三只小猪赶紧把锅盖盖上，死死地压住锅盖。狼被开水烫得"吱吱呀呀"直叫，可三只小猪摁住锅盖不敢松手，就这样狼活活地被烫死了。

一场灾难终于过去了，那两只小猪回家的第一件事，就是仿照猪小弟设计的房子重新建造新房，这次，它们把房子建得结结实实的，再也不怕有狼来了。

花精灵

曹金玲

　　从前，有个诗情画意的精灵国，名叫花之国。花之国里面的花很特殊，每朵花盛开的时候，都会带着一个活泼可爱的小精灵来到这个世上。花越美丽，小精灵越漂亮。

　　这里的小精灵都带着翅膀，男的英俊潇洒，风度翩翩，女的花容月貌，美如天仙。它们每天在花之国生活得无忧无虑，花妈妈对它们疼爱有加，它们一点忧愁也没有，生活比神仙还快乐。

　　可是，有一天，一朵美丽的花盛开的时候，花苞里却没有小精灵。国王知道了，命它重新盛开一次，如果再没有，就处死它。在夜间，花朵把花瓣合上了。正当它入梦时，一个小精灵出现在它的梦里，小精灵说："花妈妈，我是快要降临到世上的小精灵，虽然有点丑，可至少你不会被处死。只要你在盛开的时候，念：欣月，欣月你快来。我就会到你的花苞里，你要想清楚啊！"花妈妈想了又想，终于做出了决定。

　　第二天，花妈妈念了："欣月，欣月你快来。"欣月真的来了，花妈妈得救了。国王看欣月虽然丑，但也是精灵，便留下了它。其他的小精灵都嫌弃欣月丑，都不愿意和它玩。可她不在乎，每天和花妈妈在一起自由自在地生活。

有一天，发生了一件令欣月高兴、也令整个花之国惊讶的事。花之国国王有个相貌堂堂的王子，一个神仙给了王子一个戒指，对王子说只要有人戴上这个戒指，她就是未来的王妃。王子挨家挨户地寻找能戴上戒指的精灵。可是每个精灵不是手指粗了，就是手指细了。最后，全国只剩下欣月了，国王叫王子不要抱希望，可王子不到黄河不死心。把戒指戴在欣月手上，正正好，不胖不瘦。这时，奇迹发生了，欣月全身发光，头发长得又滑又长，皮肤变得又白又嫩，容貌整个花之国无人能及。所有人都惊呆了，王子欣喜若狂，大喊："她就是我未来的王妃。"王子问欣月："欣月，你愿意做我的王后吗？"欣月羞愧地答应了。

从此，他们快乐地生活在一起，把王国打理得井井有条。

2的三个梦想

雪莹

2是一个孩子气的数字，下面我就说说2的具体孩子气：

第一：它调皮。

有一次，2调皮劲上来了，找了一个脸盆，倒满水，将妈妈洗衣服的肥皂放进去，然后将1当成搅拌棍，搅来搅去，等肥皂全都搅化进水里，2又把1当成吸管，含在嘴里，放进肥皂水，鼓着腮帮子向水里吹气，脸盆里立刻冒起一个又一个水泡，在太阳的照耀下，闪着五彩的颜色……害得1喝了三大口肥皂水，一打嗝，冒出的都是肥皂泡泡。

第二：它聪明。

当2爸爸问2是爱爸爸还是爱妈妈时，2的问答是："爱爸爸。"

当2妈妈问2是爱妈妈还是爱爸爸时，2的问答是："爱妈妈。"

当2爸爸和2妈妈同时问2是爱爸爸还是爱妈妈时，2的问答是："1个爱爸爸；1个爱妈妈，1+1=2。"

听了2的回答，2爸爸在笑，2妈妈也在笑，2的聪明回答哄得2爸爸2妈妈脸上开出了两朵灿烂的花。

第三：它快乐。

2的快乐分两部分，一部分是快，一部分是乐。上一分钟因为妈妈多说了它两句而抹眼泪，下一分钟又为爸爸手中的棒棒糖而高兴得跳着脚抢。

2的快乐是翻着跟头往前滚，撞到一块突出的石头，它哇哇叫两下；然后继续向前滚，一边滚，一边歌唱：快乐，快乐，快快乐乐……

……

2的孩子气一个连着一个，串成长长的一串，好像一串诱人的糖葫芦，让每一个大人垂涎欲滴。

虽然2是一个孩子气的数字，可你也不能小看它，听听它的口头禅就知道它是一个有志气的孩子。

"2是2，1是1"，2是一个有梦想的数字。

那下面我就说说2的梦想吧，2有三个梦想。

2的第一个梦想：做一只蜗牛。

2将自己的下半身拉得长长的贴在地上，头顶也插上两个1作为触角。装扮完毕，2来到一只蜗牛面前说："你好，蜗牛"，蜗牛仔细地打量了2一会儿说："你好，2"。

2被识破了，它还是蜗牛眼中的2，它很伤心，低着头，慢慢地往家走，一步，两步，三步，第四步的时候，2又快乐起来，因为2的快乐分两部分，一部分是快，一部分是乐。

第五步的时候，2又想到了第二个梦想。

2的第二个梦想：做一只绿色的蜗牛。

绿色蜗牛？是将身体的颜色涂成绿色的吗？不，是生态绿色——喝天然无害的露水；吃没有喷洒农药的蔬菜，还有每天早晨進行一小时的晨跑……

1望着绕着圈晨跑的2，非常肯定地说："2，你是我见过的最绿色的蜗牛。"

2听了1的心里话，很受鼓舞，它在心里又盘算着第三个梦想了。

2的第三个梦想：做一只行走飞快的绿色蜗牛。

2在攒钱，它想买一个滑板，踏着滑板，它就能够做一只行走飞快的绿色蜗牛了。

2的第三个梦想实现了吗？我可以告诉你：实现了。

因为有一天，我碰见一只踏着滑板，滑行飞快的蜗牛，它停下来和我说："你好。"还告诉我它的名字叫2，聊了一会儿，它说它要去实现它的第四个梦想，我没来得及问2的第四个梦想是什么，2就踏着滑板滑走了。

如果有一天，你看见一只踏着滑板的蜗牛，那就是2，请你代我向它问好，并问问它的第四个梦想是什么，实现了没有。

依米花的传说

卓苹琳

　　一天，在非洲的戈壁滩上，一株根系庞大的植物看到自己身旁突然冒出了一株只有一条根的植物，根系庞大的植物便问道："喂，你叫什么名字？""我叫依米花。""什么？你是'花'？你只有一条根呢！"根系庞大的植物不再搭理那不起眼的依米花，心想：那也算是花？

　　每天，根系庞大的植物都会看到依米花在努力地伸展根茎，艰难地吸取营养。根系庞大的植物对依米花劝道："这里是非洲，是荒无人烟的戈壁滩，要想好好地生长，就得有庞大的根系，你只有一条根，怎么可能开出花呢？"依米花毫不理会它的挖苦，继续干着自己的事。

　　就这样，一年过去了，两年过去了，三年过去了，依米花还是没有开花，根系庞大的植物已经长出了一株普通的花。它对依米花说："三年过去了，你还没有开花，你别再白费力气了。就算你开了花，又怎能引起别人的注意呢？我也只不过长成这样，更何况你呢？"依米花回答："我开花，是要实现我自己的理想，就算我开不了花，我也要努力。"戈壁滩上的其他花草知道了依米花这种志向后，都对依米花冷嘲热讽，都认为那是不可能的事情。

几年后的一天，那株普通的花看见自己身旁突然出现了一株非常美丽的花，这株美丽的花有四个花瓣，每个花瓣都有一种颜色，它们分别是红、黄、白、紫，这可谓是戈壁滩中的奇迹！

普通的花惊讶地问道："你是谁，你怎么会长在这里？"

"你不认识我了呀！我就是依米花呀。"

普通的花简直不敢相信自己的耳朵，真没想到，当初自己认为爱做白日梦的弱小的依米花，居然也开花了，而且成了戈壁滩上最美丽的花，真是了不起。

顿时，戈壁滩上热闹起来了，其他花草纷纷向依米花投来了赞许的目光。

两天后，依米花却又随着母株香消玉殒了。从此以后，戈壁滩上也开出了其他许许多多的花。

小鸟与蚂蚁

林子瑜

一天，天气晴朗，瓦蓝瓦蓝的天空中飘着朵朵白云，小鸟飞飞在天空自由自在地飞着。忽然看见地上有一群蚂蚁，小鸟便停在枝头上驻足观望，接着骄傲地对蚂蚁说："瞧你们这些小不点，搬一粒米就派那么多只蚂蚁，你们活在这个世界上还有什么用？"

蚂蚁跳跳一听，很不服气地说："你说什么呢，难道你有什么能耐？"

小鸟提高嗓门说："哎哟！不服气？既然这样，我们就来比比，怎么样？"

"比就比，谁怕谁？"蚂蚁毫不认输地答道。

于是，他们请来了德高望重的大象木木当裁判，三局决定胜负。

比赛还没有开始，场上就热闹极了。蚂蚁跳跳的啦啦队，苍蝇、蚊子、蟑螂、螳螂等已精神抖擞地为蚂蚁跳跳呐喊助威，都表示不输给傲慢的小鸟。小鸟飞飞的啦啦队也排成了一条长龙，黄莺、喜鹊、麻雀、鹦鹉，阵容庞大，浩浩荡荡，锐不可当，看阵势，他们是胜券在握。

大象木木哨声一吹："比赛开始！"

第一局比体力。大象木木拿来了两个一样大小的肉块，看谁能把这块肉搬到对面的大树底下。小鸟飞飞用嘴巴把这块肉啄起来并轻盈地飞到大树底下。而蚂蚁跳跳还在这块肉旁边琢磨着怎样搬这块"庞然大物"呢！这时小鸟飞飞的啦啦队传出一阵又一阵的哄笑声。大象木木宣布第一局小鸟飞飞获胜。蚂蚁跳跳的啦啦队们看到对方那神采飞扬的样子，不禁叹了口气，但很快又振作起来，为蚂蚁跳跳鼓劲。

第二局比智力。大象木木在地上画了一条线，要两位选手在不能擦掉这一条线的情况下，设法让这条线变短。小鸟飞飞抓耳挠腮，百思不得其解，口里还念念有词："这也太难了吧，这也太难了吧。"这时只见蚂蚁跳跳胸有成竹地走到那条线的旁边，又画了一条更长的线。两条线相比较，原先的那条线，看来变得短了许多。大象木木宣布第二局蚂蚁跳跳获胜。蚂蚁跳跳的啦啦队手拉着手，个个欢呼雀跃。小鸟飞飞没好气地瞟了他们一眼说："别得意得太早了，还有最后一局呢！"

第三局比生命力。大象木木用他的长鼻子勾住选手并从半空中摔落下来，看谁的生命力顽强。大象木木首先把蚂蚁跳跳勾住，并把他从半空中摔落下来，这时蚂蚁完好无损地站在地上，还向观众们挥手致敬呢。而大象木木用他的长鼻子把小鸟勾住，并把小鸟从半空中摔落下来。小鸟却身负重伤，一动不动地躺在地上呻吟着。大象木木郑重其事地宣布比赛结果：蚂蚁跳跳三局两胜，蚂蚁跳跳赢了。话音刚落，蚂蚁跳跳们一蹦三尺高，个个欢呼着："蚂蚁跳跳赢啦！蚂蚁跳跳赢啦！"

这时，蚂蚁跳跳挤出他们的簇拥，走到小鸟飞飞的身旁，并招呼他的啦啦队抬着小鸟飞飞把它送进动物医院疗伤。

从此以后，小鸟飞飞再也不傲慢了，再也不会瞧不起蚂蚁了。他们还成了知心的好朋友呢！

大象给自己美容

沈　梦

在大森林里，最有威望的，最受动物们欢迎的就是大象了。有一天，它突发奇想：如果我开一家美容院，那么就会有许多的小伙伴变得更漂亮了，那么他们会更加热爱生活了。

说干就干，没几天的工夫，大象的美容院就开张了。这下可引来了许多爱美的小动物，他们通过美容找到了生活的信心和自信。所以，大象的美容院生意很红火。

有一只大老虎，他恨透了大象，心想："我大老虎才是百兽之王，这钱凭什么都让你大象挣了呢？"大老虎日思夜想、绞尽脑汁，终于想出了一个侵占大象美容院的好办法。

这天，大老虎来到了大象的美容院。大象一见大老虎气势汹汹的样子，就知道来者不善。大老虎上前一步说："大象老兄，听说你发财了是吗？今天我是有事想和你商量。"

"说吧！什么事？"

"有许多小伙伴儿议论你的美容院，说你大象还开美容院呢，也不把自己打扮打扮。瞧你这一身皱皱巴巴的皮肤，没有一点儿光滑气儿。瞧你这两颗大长牙，都长到嘴外边了，多难看呀！再说说你的大长鼻子，走起路来一摇一摆的，多费力呀！你也该给自己好好打扮打扮喽！"

大象一想："大老虎说的是呀！你看我光顾着为别人打扮了，我竟然把自己给忘了。那么，我怎样才能变得好看呢？"

"依我看，你就先把自己的大门牙锯了吧！那样你会好看些。"

大象想了一会儿说："那好吧！"

大老虎就找来一把锯，把大象的牙锯了下来。然后，又找外科医生把长鼻子也割下一截。

等到一切完成，大象在镜子前一照："咳！还别说，真是漂亮了不少！"

而就在此时，大老虎凶相毕露，一口咬住了大象的脖子。没有了长鼻子和长牙，大象就像猪一样笨，没有了丝毫的反抗力量。直到这时，大象才明白大老虎的真实用心。可是，已经晚了。

而大老虎顺理成章地霸占了大象的美容院。

因此，我们每一个人都有自己的长处和短处，我们应该取长补短，而不能把长也变成短了。否则吃亏的只能是自己。

垃圾箱与树的对话

杨婉婷

一个夏日的中午，天气热不可耐，路上的行人，来往的车辆越来越少了。东东在焦急地等车，忽然，巴士站旁隐隐约约地传来了一阵说话声，原来是巴士站旁的垃圾箱和树在对话。

垃圾箱的声音听起来有点儿颤抖："我最喜欢的食物是人类的生活垃圾，可是，最近一个星期以来，我的肚子空空如也。真气人，人们变得越来越自私了，越来越不讲卫生了。"

"我比你可怜，在这么大热天，我口渴难耐，可是我已经两个星期没有痛痛快快地喝几口水了。我总眼巴巴地望着人们倚靠在身上咕咚咕咚地喝水，我都快掉下我那宝贵的口水了，你说得对，人类的确是太自私了。"树有气无力地答道。

"人们总是在离我仅有几步之远就举起垃圾若无其事地潇洒地冲我一丢，可是垃圾总与我擦身而过，眼睁睁地看着眼前诱人的食物，而不能细细品尝，真是一件心痛的事。"

"是啊，人类真是不讲卫生，他们总是用力地倚靠在我身上顺手牵羊，拉拉我的头发，拽拽我的胳膊，我都疼死了。有时还随便往我的脚下吐痰，脏兮兮的，真恶心。"

垃圾箱更是义愤填膺了："本以为挨饿就够我受了，但祸不单行，昨天还遭到毒打。昨天中午，一群学生把我当作他们练习的靶子，站在离我大约两米处的地方，瞄准我把拿在手里的石头朝我砸，有的砸在我的头上，有的砸在我的肚子里，还有的砸在我的脚上，我遍体鳞伤，痛得直流眼泪。"

"是啊，人类真不识好歹，有了你垃圾箱，清洁工少了不少时间，还使道路变得干净美观啊！"树打抱不平地说。

这时垃圾箱越说越带劲，慷慨陈词："你们树对人类的贡献更大，你们吸收二氧化碳，释放人类需要的氧气，能绿化环境，美化环境。可人类就是不懂得珍惜。"

……

东东回到家，沉思良久。他决定把今天中午听到的这些对话告诉他们班的同学，号召同学们争当环保小卫士。

过了几天，东东再次来到巴士站旁一看，旁边多了一个告示牌：保护环境，人人有责。再看看垃圾箱吃得胖乎乎的，满肚子都是他最爱吃的食物。树呢，正为人们撑起那片绿意微笑着呢！

补 天

郑 黎

在遥远的上古时期，当人类繁衍起来后，忽然水神共工和火神祝融打起仗来，他们从天上一直打到地下，闹得到处不宁，结果祝融打胜了，但败了的共工不服，一怒之下，把头撞向不周山。不周山崩裂了，撑支天地之间的大柱折断了，天倒下了半边，出现了一个大窟窿，地也陷成一道道大裂缝，山林烧起了大火，洪水从地底下喷涌出来，龙蛇猛兽也出来吞食人民。人类面临着空前大灾难。

女娲目睹人类遭到如此惨祸，感到无比痛苦，于是决心补天，以终止这场灾难。她选用各种各样的五色石子，架起火将它们熔化成浆，用这种石浆将残缺的天窟窿填好，随后又斩下一只大龟的四脚，当作四根柱子把倒塌的半边天支起来。

经过女娲一番辛劳整治，苍天总算补上了，人民又重新过着安乐的生活。后来玉皇大帝为了嘉奖女娲娘娘，命人制造了一座金碧辉煌的娘娘殿，让她在那儿安享清福，但女娲娘娘却一直关注着她的孩子——人类的一切。

日月如梭，一晃就是几亿年过去了。人类已经步入了21世纪，

物质文明高度发达，但同时也对原本美丽的大自然造成了严重的破坏：不仅森林被砍光，河水被污染，黄沙漫天飞舞，就连臭氧层的臭氧浓度也逐渐减少，甚至出现了空洞，使得太阳对地球表面的紫外辐射量增加，对生态环境产生破坏作用，影响人类和其他生物有机体的正常生存。女娲娘娘看到以后非常伤心，她决心重返人间，再次补天。但人类的恶行激怒了玉皇大帝，他决定让人类承担自己种下的恶果。所以他坚决反对女娲娘娘再次补天，并把她囚禁在一间阴暗潮湿的密室中。女娲娘娘费尽心机终于逃出了囚房，来到人间。可她看到的再也不是原来花红柳绿、莺歌燕舞的人间了，而是满目疮痍。许多花草树木都枯死了，就连人们外出时也要穿着厚厚的防护服。女娲娘娘非常伤心，她纵身飞向天空，拼尽所有法力终于修好了臭氧层。而这时玉皇大帝的天兵天将也赶来了，她因违反天令而被玉皇大帝永远地囚禁了起来，临走前她眼含热泪向人类呼喊：孩子呀，我再也不能帮助你们了，你们一定要保护好自己的家园啊！

铅笔盒的自述

葛逸昕

"我是一只快乐的铅笔盒，我快乐，我开心，我奉献，我是一只快乐的铅笔盒！"我开开心心地说道。

我是一只外形漂亮能储存很多文具用品的开心、快乐的铅笔盒，我有紫色的外身，两层拉链，还有紫色的花边，向日葵一样金光闪闪的亮片，花边是用丝绸做的，摸上去十分舒服！无数花朵在我的身体上盛开，上面还有"pencil case"的字样，旁边还有一个身穿公主服的美丽漂亮的姑娘。我的小主人非常喜欢我。

我有个大肚子，可以装得下小主人的所有钢笔、铅笔、橡皮、直尺、修正带……平时它们尚且能友好相处，但是当小主人学习任务重需要的文具多时，他们就在我的大肚子里你不让我我不让你的，互相吵架、打架。结果弄得两败俱伤。看！铅笔妹妹"头"断了，钢笔姐姐"哭"了，橡皮弟弟浑身被戳满了孔，就连我的花衣裳也弄得很狼狈。唉！多亏我的小主人爱惜我，经常帮我洗洗干净，放在阳光下暴晒、消毒；还经常调节钢笔姐姐、铅笔妹妹、橡皮弟弟的矛盾，帮它们重新排位置。我非常喜欢我的小主人。

小主人是个高年级的学生了，每天功课非常忙。我从不打扰她。当小主人上课时，我就静静地躺在课桌上看着她；当小主人被叫起回答问题时，我还为她鼓劲加油；当小主人放学回家时，我就躲在书包里跟小主人一起挤公交车；当小主人回到家时，就会把我首先"放"出来"透透气"。我会静静地躺在学习桌上看小主人做作业。当小主人遇到"拦路虎"眉头紧缩时，我也跟着发愁；当小主人眉飞色舞，手握拳头大叫"终于做出来了"时，我也舒心地笑了。

　　我是一只快乐的铅笔盒，我快乐！我开心！我奉献！我庆幸我有一个好主人！同时我也祝愿我的小主人天天开开心心！快快乐乐！学习进步！

奇妙的奥运会

马肖肖

　　自从2008年北京奥运会召开以后，在全世界掀起了一股运动热潮。而一些历史人物、卡通人物、神话人物也不甘落后，他们在宇宙之神宙斯的组织下，也要召开一次奥运会。这消息通过超时空手机迅速地传到了各位参赛队员的可视手机中。大家一致约定：在2222年的2月2日22时22分22秒准时开幕。

　　这次的奥运会办得是相当成功。请看：主会场设在美丽的太阳岛上，那里四季如春到处绿树成荫，百花盛开，没有工厂，没有污染，绝对的是一个人间天堂。主会场建得更是美妙绝伦。整个运动场呈一只展翅欲飞的天鹅样。那天鹅昂首高歌，嘴里喷出熊熊的圣火，直冲蓝天。而它的两个大翅膀上沾满了各种各样的花瓣，整个会场芳香而温馨。在每个花瓣之间，还有许多的星星状的各色彩灯。地板也很有特色，它可以根据运动项目的不同而变化不同的颜色和花纹，仿佛让你置身于大自然之中，使你把观赏比赛当成人生的一种享受，而运动员也会把竞技当成一种成功的舞台。在运动场的四壁，挂满了各种花瓣做的风铃，微风一吹"叮叮咚咚"作响，使你感觉就像在自己的家里看比赛一样。

在《我们的世界多美好》大型歌舞盛会结束后，比赛正式开始了。

第一场比赛是跳水。跳水的地点在美丽的镜泊湖。那里水平如镜，天蓝蓝，水蓝蓝，简直就是人间仙境。参赛选手是喜羊羊对曹操。曹操本是北方人，不通水性，他站在岸边两条腿直哆嗦。而喜羊羊因为早有准备，对于跳水胸有成竹，他早就把跳水的各个动作练得炉火纯青。比赛结果当然可想而知。喜羊羊获得了比赛的第一名，摘走了比赛的金牌。曹操呢？跳进水里就出不来了，还在水里不停地喊："救命呀！救命呀！快拨122救命呀！"周围的观众哄堂大笑。

第二场比赛是举重。地点设在主会场的大力士厅。比赛选手是灰太狼对猪八戒。灰太狼鬼点子多，为了能够取得冠军偷偷地从外国买回一种可以瞬间使自己身强力壮的神药，吃了这种药之后5秒钟，就可以变得力大无比。而猪八戒看着灰太狼那小样儿乐了，心想："就你那瘦梆子样儿还想和我比，真是自不量力！"可是，"纸里包不住火"，灰太狼被机器人安检员的火眼金睛挡在了门外，因为它涉嫌使用兴奋剂，最后被取消了比赛资格。还被驱逐出宇宙，永远不许参加任何比赛。灰太狼老婆回家后破口大骂："你个挨千刀的，就知道想一些馊点子。我本想趁此公费旅游的好机会到各地去转转，没想到被你个不争气的狼崽子给搅黄了。我的命好苦哇——我，我，我要和你离婚——"就这样，灰太狼鸡飞蛋打，恶名远扬。而猪八戒不战而胜，喜从天降。没费吹灰之力就轻而易举地拿到了举重的冠军奖牌，真是"傻人有傻福呀！"

第三场比赛是马拉松长跑，地点设在马拉松。参赛选手是奥特曼对金甲战士。这两人旗鼓相当，比赛竞争异常激烈。跑步不分胜负并驾齐驱。无奈，裁判当场决定加赛一场武功对决，可是，两人打了三天三夜不分胜负。万般无奈，裁判再次决定将两人分开各自参加其他的比赛。于是，奥特曼和东海龙王再次在马拉松开始比赛。发令枪刚响，奥特曼就飞一般跑了出去。东海龙王也不示弱，可是陆地不比水中，加上自己年老体弱，东海龙王还是落后了。东海龙王感到很没面子，就大发龙威，下起了瓢泼大雨。但奥特曼不怕雨，还是得了第一名。东海龙王只好灰溜溜地回自己的龙宫了。

第四场比赛是摔跤，地点设在邢台中兴武术院，由夏云飞院长作裁判。参赛选手是金甲战士对阵神箭手后羿。摔跤对于金甲战士来说那可是小菜一碟，因为他天天和变异人打架呀！可后羿却不行了，他是射箭在行而摔跤是门外汉。所以，金甲战士很轻松地就拿到了摔跤冠军。

这真是一场奇妙的奥运会呀！

蚂蚁历险记

张筱雨

夏日的午后，蚂蚁部落的侦察队出去寻食，它们站在高高的枝头上眺望，忽然，一只领头蚂蚁来了个跳水姿势，跳到了一个盒子上，大家也学着它的样子跳，跳到盒子上后，一位大将军临时与小兵们开了个会议——怎样打开盒子？一只聪明的蚂蚁取出了三根小棒，每根小棒上站十只蚂蚁，大将军来指挥："一二三，跳！"盒子被打开了一条小缝，一股香味扑鼻而来，大将军眉开眼笑地说："真是大吉大利呀，应该一个小孩不小心手一没，让这么多的冰激凌送到我们口中！你们三个到里面去搬，其余的跟我去请援兵来！"三只蚂蚁都按照大将军的命令一个一个地跳了进去，可谁知风一吹盒子离开了岸边，飘到了河中心，这下它们可急了，向大将军呼救。哎，坏事一个接一个，又下起了大暴雨，淹没了援兵，三只小蚂蚁拿出几片树叶扇，堵住了小缝，开始了提心吊胆，恍恐不安的生活。

大雨过后，天转晴了，冰激凌也融化了，它们取下树叶小扇，充当盒子里的小舟，它们饿了就吃，困了就睡，半夜里也常常做美梦。日子过了一天又一天，它们爬上盒子的顶部谈着以前的快乐生活，微风推着它们前进，食物也被吃光了，它们离家快三个月了，"哈！小船快靠岸了。"大个儿说："总算找到了希望！"小个儿、小聪明齐说。它们顺着垂柳爬上了岸，来到了一座森林，小聪明对大家说："快挖个小洞睡一下，明日早点起程。"挖好了洞，大家都钻了进去，美美地睡了一觉。

第二天早晨，小聪明出去晨练，被一只大鸟发现了，小聪明使出了一招——拍马，恳求大鸟送它回家，大鸟答应了，小聪明早已开心得忘了朋友，自己先回去了。

大个儿和小个儿醒后发现小聪明不见了，到处寻找，一位好心的蚯蚓告诉它们小聪明让一只大鸟带走了。大个儿和小个儿听了失望极了，蚯蚓将一张世界地图交给了它们，两只蚂蚁开始了一条新的路程。

它们用树叶做了一条船驶往南通狼山三号蚂蚁洞，选了一个良日起程，经过三天没日没夜的旅途，终于回到了狼山，它们爬了三个小时回到了老家，蚂蚁国国王请它们俩发言，它们俩相互看了看又笑了笑齐声说："幸福的生活又开始了。"

丑小鸭变成白天鹅以后

赵 敏

可怜的丑小鸭经受了一连串打击之后，仍然不屈不挠，最终变成了一只美丽的白天鹅。

人们是多么喜欢这只白天鹅呀！它年轻、美丽、谦虚、忍让，在它的身上处处体现出君子的风度。孩子们把最喜欢吃的比萨和糕饼不假思索地给了它，大人们乐得与它亲近，跟它拍照、合影留念。"丑小鸭"已不再是它的代言词，因为它已经有了一个天底下最好听的名字——白天鹅。它永远不会忘记过去的、以前所经受的磨难，足以让它刻骨铭心。虽然在过去的岁月里，它曾经灰心丧气过，在人生的长河里，遇到不少波折，可它挺过来了。"磨难是一种福分"，丑小鸭认真地总结了过去，心里有一种莫名的伤感。

丑小鸭成为白天鹅已半年有余了，半年多来大家相安无事。突然有一天天鹅家族要举办一个盛大的青春派对，在派对上还要选出一个最美的天鹅，冠以"天鹅王子"的美誉。消息一经传出，天鹅家族顿时热闹非凡，天鹅家族的帅小伙们更是跃跃欲试，摩拳擦掌，整个天鹅湖沸腾起来。大家一致举荐丑小鸭去参加，丑小鸭犹豫不决，开始认为自己不够资格，到后来经不住大家的怂恿，只好上阵。在派对上，丑小鸭向人们讲述了自己的悲惨遭遇，人们对丑小鸭深表同情，丑小鸭说到伤心处不由得落下泪来，天上下起了桃花雨，小鸟奏起了《天鹅湖舞曲》，丑小鸭随着悠扬的旋律翩翩起舞，人们被丑小鸭的舞蹈折服了，最终丑小鸭一路过五关斩六将，摘取了"天鹅王子"的桂冠。

自从丑小鸭荣获了"天鹅王子"的称号后，腰板挺得直直的，头抬得高高的，经常光顾"天鹅美容超市"、"天鹅靓女模特队"，广告商纷纷找它做广告，有关生产美容护肤的公司不惜花重金请它作为形象代言，丑小鸭不断出入公众场合，它的博客点击率天下第一，丑小鸭完全沉浸在幸福之中。一天、两天过去了，3个月、5个月过去了，由于丑小鸭频繁出入各种场所，已累得心力交瘁，脸上也渐渐失去往日的光泽了，洁白的脸蛋仿佛镀上了一层橘黄色的光波，轻盈的身体变得臃肿起来，看看镜子里的自己，丑小鸭惊呆了！镜子里还是那只丑陋不堪、连狗都不吃的丑小鸭！这时不知从何处传来一种声音：不懂得珍惜的人是要现原形的。

青青历险记

曾畅

　　我是一只活泼可爱的小青蛙，青青是我的名字，我长得可漂亮了，大大的眼睛，绿色的皮肤，为庄稼除害是我的特长，所以人类都说我是他们的好朋友。

　　这一天，我瞒着父母偷偷地跑出来玩，外面的世界真好看呀，有高大的树木，美丽的花……我到处乱跳，一不小心跳进了一只桶里，桶里装了半桶水。"这里的水好清澈呀，比我们河里的水清得多！"好久没有游这么干净的水了，我高兴地在里面游呀游，游了好一会儿，我想回家了，可是麻烦事来了，桶对于我来说太高了，根本就跳不出去。我着急了，在里面没头没脑地乱撞。忽然，我听到一位老奶奶的说话声："哪来的一只小青蛙呀？"我的心怦怦直跳："糟了，我被发现了。"我爸爸就是被一个小男孩抓住弄死，然后扒皮钓龙虾的……他们不会也这样对待我吧。想到这里，我不禁打了个冷战。过了一会儿，来了4个小孩子，其中最大的是个小女孩，她伸出头来看了看，然后紧紧地抓住了我。完了，这回是跑不了了。我像一只蜘蛛网上的蚊子拼命地挣扎，但是无济于事。

只听那位老奶奶说："脏死了，快扔掉给鸡吃。"小女孩"哦"了一声，听到这种反应，我连魂都吓掉了，没办法，只好无奈地闭上了双眼，等待着死神的到来。咦，这么长时间怎么没有痛苦的反应呀，我好奇地睁开了眼睛，呀，吓我一跳，小姑娘一双水灵灵的大眼睛出现在我的眼前，她双手托着腮，歪着小脑袋正在呆呆地望着我。"不行，我们老师说过，青蛙是人类的朋友，专吃害虫，我们不能伤害我们的朋友。"小姑娘边撅起小嘴边捧着我来到小河边，她弯下腰来，把手放到地上，我赶紧蹦了出来，回头看了看她，深情地说了声："谢谢你！"我多么希望她能够听到呀。到了河边，我再次回头看了看她，扭头扑通一声跳进了水里……

忠诚的小伙伴

陈 微

有一只小白兔，她会别出心裁地捏一些泥玩具。

有一天，小白兔想到院子里去捏泥娃娃，她来到院子里，抓起一把泥，开始捏了起来。

捏啊捏，捏啊捏，捏了好长时间，才捏了一只泥小猫，小白兔越看越高兴。过了一会儿，小白兔又捏出了泥小象、泥小猴，还有泥小狗。

小白兔捏好了，就把这些泥伙伴请到了家里。

小白兔整天围着泥伙伴们唱啊跳啊，她觉得自己的生活很快乐。

一天，外面刮起了大风，下起了大雨，雨越下越大，一会儿，小白兔家的屋顶漏雨了，门窗也吹坏了，雨水还灌进了她的家。小白兔多么着急呀！

突然，有个声音传进了小白兔的耳际："小白兔，我来帮你吧！"小白兔一听，想："咦！是谁在说话呀，她觉得很奇怪。"

小白兔再一看泥伙伴，原来是泥小象在说话。泥小象动了动脚说："小白兔，你家灌了那么多水，我来帮你把水弄到外面去吧。"小白兔高兴地说："好的，谢谢你，泥小象。"于是泥小象就干了起来。泥小猫、泥小狗不知什么时候，也活动了一下身子，帮助小白兔修门窗。一会儿屋子里水没有了，门窗也修好了，可是屋顶还在漏雨呀！

正在这时，泥小猴摇晃了一下身子，说："小白兔，你别急，我来帮你修屋顶。"泥小猴快步爬到屋顶，一会儿，屋顶就修好了。可是当小白兔找她的泥伙伴时，发现泥伙伴们都不见了。小白兔怎么找，也找不到。

小白兔非常伤心，她决心等天晴了以后，要捏更多的泥伙伴。

第二部分
歌声在林子里回荡

天瓦蓝瓦蓝的，我们来到郊外的树林里，空气真好啊！我小心地打开笼门，两只鹦鹉竟不出来了。半晌，它们终于走出了笼门，扑扇着翅膀——飞起来了。在空中，它们发出清脆的叫声，还不时地回头看看我们。

——王何馨《悲欢鹦鹉曲》

别了，亲爱的小兔

衣 袭

　　小兔子已经离开我们家两个多月了，想它的时候，我就把跟它一起的合影拿出来看，心里默默地说："小兔子，你现在过得快乐吗？我很想你。"

　　两年前，我看到邻居家的小朋友养了一只小兔子，很可爱，就吵闹着也要养一只。妈妈不答应，说没精力照顾它。我就偷偷地向爸爸求情，还表了决心，说有了小兔子后，一定好好学习。爸爸就跟妈妈说："给孩子买一只吧。"

　　妈妈带着我去菜市场的路边，买了一只小兔子。它全身是白色的，只有两只耳朵尖儿是黑色的。它的眼睛也是黑色的，大大的丹凤眼，显得特别有神。

　　半年后，兔子长大了，身子轻轻一跃就能从纸箱里跳出来，我们干脆让它在屋里自由自在地生活。兔子很讲卫生，总是在一个地方大小便，妈妈就在卫生间的角落里，放了一块尿布，每天给它换洗。

　　兔子喜欢吃的食物很多，它喜欢吃饼干和花生，喜欢吃莴苣叶子和芹菜叶子，最爱吃的是晾干的槐树叶。它也喝水，像小狗一样，喝得"咕嘟咕嘟"的。

我每天放学后，进门的第一件事情就是跟兔子玩耍，它慢慢地能够听懂我的语言了，只要我喊一声"兔兔"，它立刻就会跑过来。我在屋子里走路，它像跟屁虫一样跟在身后。我写作业，它就安静地卧在一边。我看电视，它也站立起来，两只前蹄抱在胸前，那样子可爱极了。有时候它也会撒娇，用嘴巴蹭我的脚脖子，我就把它抱在腿上，它立即趴下，一副很乖巧的样子。

兔子成年后，就有很多坏毛病了，喜欢磨牙和打洞，看到报纸之类的东西就去撕咬，家里的拖鞋都被它啃坏了，电话线也被它咬断了。最可气的是，爸爸刚买的一双新皮鞋，脚后跟的地方被它啃去了一半。有一天晚上，睡梦中的妈妈突然惊叫起来，原来兔子跳上了床，依偎着我们躺着。妈妈把它赶下去，它又跳上来，一定要享受我们的待遇。妈妈一生气，把它关进了卫生间。

今年暑假，妈妈不准我跟小兔子玩耍了，说我开学后上六年级，明年小升初，要抓紧时间学习。可我管不住自己，总是偷偷地跟小兔子玩耍，妈妈就对爸爸说："把小兔子送人吧，我每天辅导孩子学习，还要照顾兔子，实在太忙乱了。"爸爸说要把兔子带回老家，交给爷爷奶奶照看。妈妈不答应，说爷爷奶奶那么大岁数，哪有精力照顾它。爸爸突然想到怀柔的一个朋友，这位朋友住的是四合院，家里也养了一只兔子。我和妈妈曾经去过那里，他们一家都是心地善良的人。妈妈说："嗯，送那里不错，兔子可以在院子里玩耍，还有伴儿了。"

我坚决不答应送走兔子，可我无法改变爸爸妈妈的决定。送别兔子的那天，我把兔子的花生、饼干、尿布、晾干的刺槐叶子，都装在一个纸箱内，然后用梳子给兔子仔细地梳理了毛发。我抱着兔子把它送到楼下，看着爸爸开车离去，我心里默默地说："小兔子，一路走好，祝你永远幸福快乐……"顷刻间，大颗大颗的泪水顺着我的脸颊流下来……

妈妈见我这么伤心，就对我说："其实我也舍不得送走兔子，可我们现在没时间照顾它，等你上了初中后，咱们再去把兔子接回来。"

我知道妈妈是在安慰我，小兔子再也不可能回到我身边了。

虽然小兔子被送走了，可我总觉得它还在家里的什么角落卧着。开学后的一天下午，我放学回家，对着屋子喊叫："兔兔"，喊过之后才想起兔子早就被送走了。我问妈妈："兔子到了别人家里，会不会淘气？人家会不会打它？"妈妈说："不会的，你别担心。小兔子在那里有了小伙伴，一定过得很快乐。"

亲爱的小兔子，就算我妈妈的话是真的，可我还是很想念你……

两只小麻雀

王心恬

今天，思海叔叔带我、妹妹和我的表弟去体育场游泳。

游泳池4点30分才开门，现在还没到时间。突然，我们听到大树下有"叽叽"的叫声，于是我们悄悄地走了过去。哇！！！这树下竟然有两只小鸟。它们刚出生不久，站都站不稳，有一只的羽毛都还没有长齐。它们的身体呈棕红色，腹部是淡红色的，它们的爪子是奶白色的，小小的，好可爱。它们的脑袋软软的，嘴巴尖尖的。它们只有我一半拳头大小，很可爱。

等我们游泳回来后，天下起了大雨。思海叔叔开着车带我们回家。当然，两只小家伙我也带上了。在车里，两只小家伙望着天空不停地叫唤，好像在说，我怕，我怕！我轻轻地用手抚摸着它们，它们蹲在我的手里，缩成一团。我跟这些小家伙这么亲近，心里面觉得暖暖的，很开心。

回到家，我们给小家伙们找来了一个盒子，把它们放了进去，再拿来几粒米，喂它们。它们似乎很开心。围着盒子转了一圈，便开始吃米了，我高兴地望着它们，因为我喜欢动物，所以心里好开心。爷爷告诉我,这两只小鸟其实是麻雀。我听后一愣。什么?是麻雀!!!!我又想,那有什么关系!即使是麻雀,也是动物,也是生命嘛!没事没事!

第二天,我们把它们拿到了一个野草很多的地方,想把它们放生,让它们回归大自然。可当我把它们放到草丛里,就只过了三分钟左右,它们就死了。在家里他们没冻死,可现在却死了,我猜它们是冻死的。我的心里仿佛被重重地打了一拳。我的鼻子酸酸的。但是,它们都死了,又不能复生。我左挑右选,挑了一个有土,土又很嫩的地方,用石头挖了两个小坑,轻轻地,轻轻地,把它们放到了坑里。小麻雀呀,小麻雀。唉!

我隆重地埋葬了这两个可爱的小家伙后,轻轻地说:"小家伙呀,祝你们在天堂幸福!"

捕蜂记

王茂夏

近段时间，我家窗外有一些不速之客，他们有时在窗角聚会，有时在窗棂与窗棂之间逗留，真是潇洒自如悠然自得！看到这动人的情景，忽然想起电视里有人捉野蜂泡酒治风湿病的镜头，我忽然灵光一闪，对了，天晴下雨时爸爸不是喊膝关节疼痛难忍吗，何不逮些野蜂子来泡酒，为老爸排忧解难呢？

"工欲善其事，必先利其器"。要顺利捕捉野蜂子也不是一件容易的事，先得制作捕捉野蜂的工具，可是怎么做才好呢？经过一番冥思苦想，我终于有了主意：先找来一根长长的竹竿，再用胶带将一个小瓶子固定在竹竿的一端——没多久，简易的捕蜂工具便制成了。

于是，我和野蜂展开了激烈的战斗。

哈哈，说曹操曹操就到，这可是天助我也！这不，我刚弄好"装备"，就有一只野蜂慢慢地飞过来，停在了窗沿上。这可是不请自来，自投罗网。我像侦察兵一样慢慢地靠近了目标。好！时机成熟！一、二、三，盖！哎呀，出师不利，野蜂以迅雷不及掩耳之势逃之夭夭。可没隔多久，它又折了回来，颇有几分初生牛犊不怕虎的英雄气概！好小子，挺机灵的呀！上回让你跑了，这回你可没那么好运了！老虎不发威，你还当我是"病猫"啊！看我怎么收拾你这个胆大包天的家伙！

"魔爪"又一次伸了过去……

经过一番斗智斗勇，这个胆大包天的家伙终于被我逮住了。"看我怎么收拾你！"我沉浸在胜利的喜悦中。也许是高兴过了头，我的手一不小心抖动了一下，捕蜂器上的小瓶子一歪，就露出了一个小缝隙，野蜂瞅准了这个千载难逢的好机会，"嗖"地一下钻了出来。真是大意失荆州，煮熟的鸭子飞了！正当我懊恼时，那只野蜂却在空中跳起了"芭蕾"，看它那耀武扬威的模样儿，真是气煞我也。

仔细观察，反复思量，我终于找到了症结所在：原来这个小瓶向下倾斜了一些，这样一来，捕蜂时自然而然就露出了一些缝隙，野蜂们也就有机可乘了。于是，我把小瓶子向上调了调。经过我这么一改造，野蜂仿佛成了我的囊中之物，瓮中之鳖，我捉起来也就得心应手了。看来凡事都应仔细观察，认真思考，才能事有所成啊！

我小心翼翼地将捕蜂器上的小瓶口对准酒瓶口，轻轻一抖，野蜂就像一个失足落水的孩子，一下跌进"深渊"里，它拼命地挣扎，拼命地往上爬，但最终，它还是逐渐沉下去了，沉下去了……看着酒瓶里那只荡荡悠悠的小生命，我的心里有一种说不出的感觉，多么可爱的小生命啊，在十几分钟之前，它还在明净的玻璃上优游闲适地生活，还在清新的空气中自由地翱翔……可是，就因为我这一念之差，它就失去了本不该失去的东西！

罪过！是谁赋予了我这等生杀予夺的权利？是谁造就了我这我行我素唯我独尊的任性？是谁让我心安理得地无视生命的平等？

我的龟姐姐

邹函汐

在我出生前，爸爸在乌龙潭公园给我买了一只红耳龟，希望我和它一样长寿。因为它比我大，因此我叫它龟姐姐。

龟姐姐开始似乎非常不喜欢我，我一凑近它，它立刻就将四肢和头一起缩进壳里。我把小水缸摇来摇去，它也不出来。我用小刀切了一小块苹果放进去，它也不给面子，碰也不碰，清高得很。

没办法，我向爸爸求助，爸爸切了一块小肉扔进去。嗨！龟姐姐立刻来了个一百八十度大转弯，一口吞掉了肉，感激地望望我们。我"扑哧"一声笑了，立刻喜欢上了这只会撒娇的龟姐姐。

那回，妈妈以为冬眠的龟姐姐死了，当垃圾扔掉了，它居然在午夜的垃圾桶里唤住了爸爸——爸爸下夜班，走到垃圾桶边上就停住了，往里一看，就看见了我的龟姐姐。爸爸把它托在手心里带回家："谁把我们的小乌龟扔掉了？"

"它不是死了吗？"

"哪里啊，它在冬眠。"

奇怪，冬眠的龟姐姐是怎么唤住爸爸的呢，这个问题连爸爸也说不明白，我们一直觉得这事儿像一个美丽的神话。也许乌龟真是一种有灵气的动物。

那年中秋，向来安安静静的龟姐姐突然很反常。它哐里哐当地在缸里爬，好容易爬上来，用爪子吊住缸口，伸出脑袋朝外望，一家人被它的样子吸引了。

"哇！"我们跑过去，窗外的月亮又大又圆，皎洁得仿佛镀了金。今天正是万家团圆的中秋之夜呀！龟姐姐难道感受到了什么吗？

爸爸把龟姐姐抱起来，我看清楚了龟姐姐的背，背壳是黑色的，血红色的耳朵与背壳的黑自然协调，背中心是两个圆，组成了一个"8"字形。周围均匀分布着一圈正六边形，好像一张数学家的草稿纸。

龟姐姐在朦胧的月色中越发神秘，也许它是一只无所不知的神龟呢！它是不是也在想它的家啊？

龟姐姐的家到底在哪里呢？这个问题无从查考。我只知道我们一家人很爱很爱它，它早已是我们的亲人了。我真希望我的龟姐姐能陪我一辈子啊。

大伯家的"小黑"

李 迪

已经记不清这是第几次回乡下的大伯家了，我爱回乡下的大伯家，不只是因为那里空气清新，风景迷人，更是那儿有我一个最忠实的朋友，一只又小又黑的狗。

我早就想在城里的家也养一只狗或猫的，但妈妈不同意，说宠物身上有对人有害的微生物。这让我更加想念大伯家的狗了。

大伯家的那只狗，一身的黑，毛又亮，我都升到六年级了，它还是我读一年级时的那么大，所以我们就叫它"小黑"，有时也叫它"千年不长"。

小黑是善解人意的。每次我回大伯家，还没开门，就听见它迫不及待地叫，一进门，它便扑上来，前腿搭在我的手心里，头一个劲地往我怀里蹭，嘴里在嘟哝着什么，尾巴左右迅速摇摆。小黑最爱出去溜达，漏阁的小门爷爷只掩着，它用前腿往一边一扒，小门就开了，但大门是关着的，它自己是出不去的。想出去时，它就在我身边，后腿半屈，前腿直伸，头正正地立着，耳朵竖直，尾巴一会儿快摆，一会儿慢摇，两眼盯着我，目光里充满恳求。然后，又扫一眼大门，又转回来盯着我，示意我带它出去溜达，可我有玩累了的时候，不想出去了，它就在台阶上跳上跳下地逗我出去。

小黑是勇敢的。再大的狗，再多的人来到大伯家，它都不怕。一直在大门口狂吠着，在小巷里追着大狗，直到把大狗吓得无影无踪。

小黑是艰苦朴素的。它的窝不大，在漏阁的一角，大伯在一间矮矮的猪圈的地上铺了一个破旧的麻袋，垫上一层干稻草，这就是小黑的窝。无论春秋冬夏，无论电闪雷鸣，无论严寒酷暑，小黑都在坚守，从不嫌窝破。

我童年的大多数时光是在乡下的大伯家度过的，小黑为我的童年增添了不少温馨的回忆。

又想小黑了！

给蚂蚁量身高

张祥玮

每个人的童年，都会有梦一般甜蜜的故事。在我成长的记忆中，不可忘记的就是昆虫，没有它童年的拼图就会少一块。

我从小就喜爱昆虫，常常把捉来的小昆虫养起来，像什么毛毛虫、蚂蚱、螳螂……还时常和它们说说话，但它们总是不理我，大概是听不懂吧！翻开我的书，到处都是昆虫的标本。别看我是女生，胆子可大着呢，想法也比一般人独特呢！

有一个暑假，我迫不及待地奔向爷爷家的后院，那里的昆虫种类最多了。看着地上忙碌的蚂蚁们，我脑子里忽然闪过一个念头：每个人都有身高，那蚂蚁也应该有吧！我掏出随身携带的本子、笔、尺子，决定亲自为蚂蚁量量身高。于是我抓起一只蚂蚁把它按倒在地。那蚂蚁却不情愿地极力挣扎。我对它温柔地说道："配合一下，让我量量你的身高！""哎呀！"不好！蚂蚁恼羞成怒，居然狠狠地咬了我一口，还将蚁酸注入进去，我的手指立刻酸胀起来。虽然被咬疼了，但我才不怕呢！我立刻开始反击，管它三七二十一，重新把蚂蚁压在尺子下面，仔细地看着尺子上的刻度，并记录下来。终于成功了，我高兴得手舞足蹈，第一时间告诉小蚂蚁："小蚂蚁，你的身高是0.9厘米。多谢合作！"黑蚂蚁并不领情，抖抖身子生气地跑开了。

我又继续在地上寻找下一个蚂蚁居民。找到了，我又开始认真地丈量。但这个蚂蚁可是个犟脾气宁死不屈，气得我满脸通红，冲着它大吼："安静点！"无论我怎么冲它大喊大叫，它都充耳不闻，仍然奋力地想挣脱我。无奈，我只好找了个干虫来诱惑它。看到干虫，小蚂蚁终于安静了，它立刻绕着干虫转了一圈，接着托着这天上掉下来的"馅饼"，喜滋滋地准备运回家。没想到我早就埋伏在旁边，一下就把它按在尺下……

一整天我都对着蚂蚁自言自语，总共为十只红蚂蚁、十只黑蚂蚁量了身高。最后我十分自豪地得出结论：红蚂蚁个子比较高，它们身高在1厘米—1.3厘米之间；黑蚂蚁个子稍矮一些，身高在0.5厘米—0.9厘米之间。

这是我童年成长中的一个小故事，现在想起来，觉得自己那时很傻，竟然在后院和蚂蚁"合作"了一天。但它又是那么绚丽，成为我成长中不可缺的回忆。

给小黄雀的一封信

杨智翔

亲爱的小黄雀：

你在他乡还好吗？

还记得那个和你一起玩耍嬉闹、唱歌跳舞的小灰雀吗？那时的我们是多么的快乐和幸福啊！整日里我们在葱绿的树林里赛歌，在蓝蓝的天空中翱翔，在清清的小河里喝水……然而好景不长，我们生活的环境渐渐变得恶劣了：浑浊、刺鼻的烟雾弥漫在空中，天不再蓝了；垃圾、死鱼飘浮在河面上，水不再清了；河旁的大树也都被砍光了，只剩下光秃秃的树桩，我们连家都没法安了。你说你再也无法忍受这里恶劣的环境，你要到外地去寻找理想的家园。还记得那个傍晚你凄然离开的情景，转眼间你一走已经三年了，我和其他的小伙伴都非常想念你。

亲爱的小伙伴，你知道吗？现在人们观念变了，知道保护环境啦！经过整治和保护，我们这儿的生存环境可好了，整个城市简直就是一幅美丽的画卷：树木葱茏、绿草如茵，到处盛开着鲜艳的花朵，河水清澈见底，小鱼、小虾、小乌龟在里面尽情地玩耍……我们的生活又回到了从前，哦，不！比从前更美好！

　　哦，你还记得那只和你一天离开的小青蛙吗？它也回来了，现在他们一家五口生活得可幸福啦！早上他们蹲在荷叶上唱歌，中午他们一家到田里捉害虫，晚上就在河边的石头上散步、谈心。我也经常和他们一家唠唠家常，做做游戏，我们还经常谈到你呢！

　　好了，今天就写到这儿吧。小黄雀你快回来吧！我们都等着你早日归来！

　　祝：

　　　　　　　　　　　　　　　　　　　　早日团聚！
　　　　　　　　　　　　　　　　　　　　想你的小灰雀

歌声在林子里回荡

吴　铮

每年暑假，我有大半时间在老家，因为那里有我最爱听的音乐。我的好伙伴大歌唱家——蝉。

赤日炎炎，房前屋后的柿子树、桂花树、梨树、桃树，还有两棵参天银杏树，像建筑物一样站立在阳光下，一动也不动。忽然，阵阵美妙的歌声从林子里传来，一声领唱，一阵大合唱，几步轮唱。阵阵歌声给炎热的夏天增添了色彩，我陶醉在这美妙的音乐中。带着兴奋的心情，顺着它们的歌声，拿着一个早已准备好的网袋，蹑手蹑脚地爬上了柿子树，躲在树丫后面，两眼瞄准目标，以迅雷不及掩耳之势把袋口往前套去，一只蝉很快成了囊中之物。一个中午，我连续捕获了六只，真是战果辉煌。我小心翼翼地把它们放在空调房间里，一心想让蝉儿们过上好日子，可是它们似乎并不开心，说什么也不开口欢唱，待在那里丝毫不动。我好奇地抓起一只仔细观察，它的眼睛像两颗花椒籽般，又亮又黑，共有六只细长的脚，翅膀像两把扇子，盖住身子。上面有美丽的图案，光亮润泽的斑纹。肚子一呼一吸，不停地抖动。触角有一道道白色光环，整个身体呈棕黑色，浑身像涂了层油似的，真可谓是天然的艺术品，令我爱不释手。

我再去看看林中的蝉，闷闷不乐地，走在乡间小路上，无意间发现了地面上的蝉壳。啊，原来蝉也像蛇一样，是脱壳的。傍晚下了场雷雨，雨过天晴，天空挂起一道彩虹，林中枝繁叶茂，苍翠欲滴，我打量着每棵树干，突然发现了一只金色的蝉沿着柿子树往上爬，爬到一个树枝丫上，用细脚勾住了缝隙不再前进。我目不转睛地看着蝉，只见它使劲地抽搐着，慢慢脱下一层外衣，这就是我从地上捡到的蝉壳吧！我仔细地端详着蝉衣，它薄如纱，带着点灰色，晶莹剔透，闪闪发光。

我无精打采地回到了家，妈妈说这蝉衣可是药材，既能透疹，又能治破伤风，在炎热的夏天，给人们带来欢乐的歌声。听了这番话后，我情不自禁地把蝉取出，放回大自然，迎着夕阳展开翅膀，悦耳的歌声在林子里回荡。

杜鹃鸟的悲伤

娄 希

我顺着那条"哗哗"作响的小溪，漫步在树林中，大口大口地呼吸着新鲜的空气，身边美丽的景色不由得让我停步欣赏。

微风轻轻地吹拂着我的脸庞，绿叶儿在风里"沙沙"作响。我抬头循声望去，只见在离我不远的一棵树上，停息着一只杜鹃鸟，身上的羽毛在阳光的照耀下显得十分迷人。这时，杜鹃鸟传来一声声优美的叫声："啾啾，啾啾啾……"这声音那么嘹亮，那么清脆，那么有节奏，仿佛是一位蜚声国内外音乐界的音乐家，正在演奏着优美动听的乐曲，我渐渐陶醉了……突然，一声枪响打断了这美妙的一刻，杜鹃鸟忙从树上飞起，紧接着，又一声枪响。真不幸！子弹打中了它的腿，它的身体像降落伞一般下降，无力地掉在了地上。我知道猎人马上就会来，于是快速将杜鹃鸟带回了家。

经过我的精心照料，它终于恢复了健康，令我感到惊奇的是，它竟说起人话来："真是太感谢了！为了报答你，我决定让你也变成鸟儿，在空中自由地飞翔。""太棒了！"我高兴得又蹦又跳。突然我感觉自己的身子在变小……最后和杜鹃一模一样了。它说了一声："走。"我便学着杜鹃展开翅膀，轻轻一蹬脚，哈，飞起来了，飞起来了！我心里顿时乐开了花。

它带着我来到了树林里，这儿不少的蝴蝶、蜜蜂在来来往往地采蜜。虽然它们的个儿小，但可勤劳了！"咦，这儿怎么没有鸟儿呢？"我产生了疑问。杜鹃的目光顿时黯淡了下来："有是有，不多！"，"为什么"，唉，杜鹃长长地叹了口气说："原来，这儿有不少的鸟，整天欢声笑语，无比幸福，无比愉快。但是，几年后，这儿就不是那样了，成天有枪声，我们每天心惊胆战的，猎人多了，鸟儿就少了。"

这时，我深深地感到了人们所犯下的错，我刚想说几句，谁知，眼前的杜鹃鸟变得越来越小……啊！原来是场梦！我抬头望了望我那只孤独的杜鹃鸟，叫声不再愉快了，而是变得悲伤了。

悲欢鹦鹉曲

王何馨

暑假里，爸爸、妈妈都要上班，留我一个人在家。他们见我寂寞，就抽空拉着我到花鸟市场，买了一对小鹦鹉回来。

嗬！这对小鹦鹉可真漂亮！其中一只全身金黄色，是只雌鹦鹉；另一只羽毛更加艳丽——胸部绿色、背部绿黄相间，嘴角蓝色，这是雄鹦鹉。望着这一对小鹦鹉，我心里别提有多高兴了……

从此，这对小鹦鹉就成了我最好的伙伴。我做作业时，它俩玩它们的，不时对鸣、嬉戏；我弹古筝时，将它们放在旁边，它俩静静地听着，似乎被美妙的乐曲所陶醉；休息时，它俩扑扇着翅膀，欢迎我呢。我将手指伸向它们，它俩就用小嘴温柔地啄着，痒痒的，感觉真好！

爸爸、妈妈请了假，带我去上海看世博。出发前，我和两只小鹦鹉恋恋不舍……我将它们的笼舍重新打扫一遍，添满了食，加满了水，含泪与它们告别。两只小鹦鹉望着我，那眼睛也湿湿的……

终于回来了，我在楼梯口就听见它俩清脆的鸣叫声……

小鹦鹉给我的生活平添了多少乐趣啊！

可是，灾难突然降临了。一天晚上，我正在看动画片，突然听见"啪嗒"一声，我循声望去，只见那只金黄色的雌鹦鹉趴在地上，一动也不动。我奔过去，捧起它，大哭起来。

原来是雌鹦鹉用嘴将笼门顶开，从笼里飞出来，碰到了转动的电风扇，被撞死了。

那晚，我伤心得无法入睡，枕巾上沾满了泪水……

第二天早上，我将雌鹦鹉的尸体小心地放进一个纸盒中，带上小铁锹，到外面含泪埋葬了它。

回来后，我看见那只雄鹦鹉神情黯然，一动也不动地站在笼内的栏杆上。我给它喂食，它毫无反应。我强打起精神，呼唤它，许久，它才过来啄了两口……

一连几天，雄鹦鹉都没有精神。

爸爸、妈妈看了不忍心，就说："翀翀，我们给它再找个伴吧。"我听了，满心欢喜。于是，我们带着雄鹦鹉，给它找了个"白雪公主"。

慢慢地，家中又响起了鸟儿婉转的叫声……

不知不觉，暑假过去了。开学了，我和小鹦鹉在一起的时间少了。每当我放学回家，两只小鹦鹉总是用悦耳的歌声欢迎我。

但有时，我发现它们仍用嘴顶笼门，老想出来。我问妈妈，妈妈抚摸着我的头说："孩子，小鹦鹉向往蓝天，向往自由啊！"我的心一颤，是啊！鸟儿也渴望自由，不希望被人类禁锢啊！

我忽然有了个主意，对妈妈说："我们把小鹦鹉放了吧！"妈妈会心地笑了。

星期六，天瓦蓝瓦蓝的，我们来到郊外的树林里，空气真好啊！我小心地打开笼门，两只鹦鹉竟不出来了。半晌，它们终于走出了笼门，扑扇着翅膀——飞起来了。在空中，它们发出清脆的叫声，还不时地回头看看我们。

　　渐渐地，它们的身影越去越远，声音越来越小，但仍久久地回荡在我的耳畔……

智捉螃蟹

宋新茹

　　我的生日那天，恰好是星期天。妈妈特意起了个大早，到菜市场买菜，为我准备生日晚宴。许久，妈妈提着重重的菜篮子回来了，我急忙迎上去，接过篮子。哇！有这么多好吃的，鱼、鸡肉、胡萝卜、白菜、黄瓜，最令人高兴的是还有一大串螃蟹呢！我最爱吃妈妈做的油焖螃蟹了。

　　妈妈把这些菜一一摆出来，当拿到螃蟹时，我就蹲在那里看螃蟹，它们虽然被绳子拴着，可一只只仍在张牙舞爪，"噗——噗——噗——"直吐泡沫呢。妈妈刚解开绳子，一不留神，有两只大螃蟹逃到地上，一下钻进墙角堆放木料的杂物底下不见了。妈妈急了，"阳阳，快点来搬东西，捉螃蟹。"

　　我一听忙去搬东西，这一搬可傻眼了，杂物既多又重，搬开它根本不可能，怎么办？看来，只能智捉这家伙了。我拍着脑门，快速开动脑子，搜索解决办法。"有了！"我对妈妈说："妈，不用搬东西了，到晚上我让它们自己爬出来。"

　　妈妈半信半疑："让它们自己出来束手就擒可能吗？"

"没问题，包在我身上。"

夜幕终于降临了，厨房里黑乎乎一片，什么也看不清楚。我点燃了一支蜡烛，放在厨房的地板中央，然后和妈妈静静地等在一旁，等啊，等啊，"嘘——"杂物堆下发出了"窸窸窣窣"的声音，不一会儿，两只螃蟹横着出来，直向烛光照亮的地方爬去。我迫不及待地冲上前去，一手按住一只，这两只螃蟹乖乖地成了我的俘虏。这时，妈妈也拉亮了电灯，兴奋地说："可抓住你了！"妈妈摸了一下我的头，夸奖道："小精灵鬼，你这办法还真灵！你是怎么想到这个办法的？"我美滋滋地说："我在《十万个为什么》上看到的，蟹的祖先生活在海里常捕捉一种发光的小鱼当食物，时间长了，它们就形成了一种生活习惯，每当夜里寻找食物时，就向有光亮的地方爬去。不只是螃蟹，还有很多昆虫也具有这种趋光性。"妈妈听了连连点头。

这次捉螃蟹，让我明白了书是我们的良师益友。多读书，读好书，必将让我们受益终生。

爱笑的小老鼠

廖嘉星

　　我有一只毛茸茸的玩具小老鼠，无论白天还是黑夜，无论春夏还是秋冬，它永远是那么笑容可掬，好像在对我们说："你们好，我每天都很快乐！"那表情真是可爱极了！

　　它雪白雪白、圆溜溜的大脑袋上长着两个"白贝壳儿"。其实，那就是它的两只小耳朵。它的右耳朵上有一个粉红色的小老鼠图案，也许是为了让它看起来更漂亮，为它做的"文身"吧！它那水汪汪、亮晶晶的眼睛上，涂着闪闪发光的粉色眼影。它那眼睫毛又弯又长，可能是涂抹了睫毛膏吧！尖尖的鼻子上，镶着一个红鼻头，好似一颗红彤彤的小樱桃。鼻子下面，有一张红润、光泽的嘴唇，好像抹了口红一样。嘴唇两边，长着又细又长的胡子，显得更加可爱有趣！它打扮得这么花枝招展、可爱动人，不讨人喜爱才怪呢！

　　小老鼠身上穿着一件粉红色毛衣，现在天气这么热，为什么要穿毛衣呢？它是不是刚从南极探险回来，还没有适应这里的气候吧！它那又粗又短的四肢，自然大方地伸展着，好像随时准备与新的朋友握手或拥抱。它的身后有一条细长的尾巴，像一根小鞭子竖立着，让我们禁不住想去抓它。

　　小老鼠软绵绵、暖暖的，我每天都要抱它。当我高兴的时候，它微笑地看着我，好像在分享着我的快乐；当我难过的时候，它还是微笑地注视着我，好像在对我说："别难过，一切都会过去的！"；当我吃饭的时候，它也微笑着，好像在对我说："我的主人，多吃一点儿对身体健康有好处！"；当我要睡觉的时候，它微笑着，好像在对我说："主人，晚安！愿您做个好梦！"

　　我可爱的小老鼠，它时时刻刻都在我身边，像一个忠实的朋友，陪伴我度过一个又一个美好的日子……

　　我想：爱笑的小老鼠带给我这么多欢乐，我也应该像它一样永远微笑着面对今天、面对未来，同时给别人带去欢乐！

第三部分
一米阳光

上数学课，也不知她又想修炼什么神功，拿我当试验品。结果，一掐，我平时的"龟壳神功"失去了作用，一下子叫了出来，害得我挨了老师一顿骂，她却在那装模作样地看书。看来我还得练免疫功了。

——薛舒天《我们班的名人档案》

小跟班

徐小劲龙

　　最近，我和其他几位同学被英语老师叫到办公室。刚开始，我还想，以我最近的英语学习情况，莫非要来办公室"喝茶"？后来才知道，学校要组织一支十人表演的、要到地区比赛的一个英语剧《皇帝的新装》小节目挑选演员，经过老师们的重重选人，我总算留了下来。按理来说应该十分庆幸了，可我却一幅倒霉样儿——因为我演的是配角，一个皇帝身后的小跟班，小跟屁虫。

　　老爸听说我要去演英语剧消息后，脸上充满了自豪，可当我说明是演什么角色的时候，脸上的自豪一下子变成讥笑了："才演小跟班？"当时我心里是一百个不服气。"演小跟班怎么啦？就不会说英语了？哼！"不过说句心里话，我心里还是十分嫉妒那些演骗子、皇帝的同学的，凭什么老师就选不上我演骗子呢，看看我的整个造型，活脱脱地一个小骗子嘛！小跟班这是哪跟哪嘛？

　　台词很快就发了下来，出乎意料的是我居然没有发到台词。原来是我演的小跟班一句台词也没有，当时我心里"咯噔"一下，很难过。但表面上却装作很庆幸，说自己不用背台词了，多轻松。

其实我心里多嫉妒那些有台词的同学，照理说我的英语口语也还可以，凭什么就让我演个小跟班，而且是一个一句台词也没有的小跟屁虫。幸好老师补充了句：现在没有台词的过几天会加的，我的心才稍稍舒服了点，但表面上仍然要装着不愿意加台词的样子，天哪！累死我了。更累的还是不知道老师会不会真的为我的小跟班角色加上台词呢？

"小跟班，小跟班"又是我们班的同学叫我了（现在成了我的外号了）。

"叫什么叫，小跟班怎的了？好歹我还是学校千里挑一的英语剧小演员，你们想当小跟班的份都还没呢！"

强大的阿Q精神顿时传遍全身。

哈！没话说了吧？唱我的《快乐小跟班》啰（改自《孤独的牧羊人》）！气死你们。

皇帝的身边有一个跟班 嘞依哦嘞 嘞依哦嘞 嘞依哦嘞

他放着歌声在嘹亮地歌唱 嘞依哦嘞 嘞依哦嘞 嘞依哦嘞

跟班的心里有一点酸楚 嘞依哦嘞 嘞依哦嘞 嘞依哦嘞

原因就是只是个跟班 嘞依哦嘞 嘞依哦嘞

啊……嘞哦嘞 啊…… 嘞哦嘞 啊…… 嘞哦嘞

……

嘿嘿！就是个跑龙套的小跟班啦！激愤过后，我迎来了一搂曙光——如今今非昔比了，且听我慢慢道来。

不知是不是老天显灵，我刚刚在文章中抱怨了Miss林没台词给我，事隔没几天，老师居然换了新的剧本台词了。

"咳！咳！点到名字的上来领新剧本台词。"Miss林清了清嗓子说。

坐在一旁的我眼红得要死！反正没我的份，正当我从方伸博手中夺过新台词来过过瘾时，从Miss林清脆的声音中传出了"徐小劲龙"。啊！太不可思议了，我一个小跟班也有台词了耶！激动的我差点冲过了头，像抢劫似的从老师手中夺过了台词，眼睛中早已湿润润了。

一下讲台，我就迫不及待地找我的台词，嗯！前前后后却只有两句台词，而且是像鹦鹉学舌似的一模一样的话，也好也好，总比没有的好吧（阿Q精神又来了）。当别人为台词多在苦记时，我却在一旁悠闲自得，哈哈！谁叫我的台词少呢？你们可不要羡慕哦！

回到家，把这一喜讯一说，二老刚喝到嘴里的茶"扑"地喷了一地，接着又一阵狂笑，老爸还变着法子开玩笑："把你的那句什么'的安扑喽死阴……'什么的台词放一边！你想在舞台上发光，老爸教你一个绝招，就算没一句台词也包你抢光别人的眼球。"接着故作神秘地在我耳旁私语了一番。去，这是什么馊主意呀！别人还以为我是神经病呢。算了算了，还是借用鼠妈妈的一句名言："大明星刚开始不都是跑龙套的吗？"的教导来做吧！我还是踏踏实实地演，认认真真地准备我的一句话台词吧。

由于有了台词，我在排练时也敢放开一点了（以前，就我一个没台词当然感到有点自卑），但是现在可不同了，我好歹也有两句台词了。正洋洋得意地想着。林老师的一句"Long long ago……"导语开始了正式排练，等大臣求见完后，我以侍卫的身份严肃地、大声地说："The……is in his dressing room。"天哪！emperor皇帝的单词忘了怎么读了，这下可惨了，没想到Miss林不仅没批评我，反而给了我微笑，要知道，微笑在此时对我是多么的重要啊！我开心地朝Miss林做了一个鬼脸，接下来的演出我当然更加卖力了，因为我看见了前面的曙光。

"大明星刚开始不都是跑龙套的吗？"鼠妈妈的话又一次在我耳边响起。

是啊！跑龙套又怎么啦？小跟班也有曙光的。要不？为了让曙光来得更多，我采用老爸给我出的馊主意，学学芙蓉姐姐，在演出时跟在皇帝后面来个我最拿手的"抽筋舞"（可不是真正的舞种啊，只是我跳舞时，老爸说我像抽筋）。把《皇帝的新衣》变成《疯狂的小跟班》，那一定是会大赚眼球的……

正想着，这时从远处传来了话外音："吓！吓！吓！扯远了。为了你的曙光，你怎么能把鼠妈妈的谆谆教导进化成了歪门邪道了呢，你这该打的小跟班。"

张老师有一"套"

吴寒婷

今天，张老师风度翩翩地走进教室，一改往日艰苦朴素的作风，穿上了皮尔·卡丹牌西装，真够帅的。这到底是怎么回事呢？我们一起去看看。

原来，张老师准备竞选皮尔·卡丹的形象代言人。我心中的问号一下子就变成了大大的惊叹号。真奇怪，我们的张老师竟然要想当形象代言人！难道他跟皮尔·卡丹的老总是世交？他可真有一套！

张老师让我们帮他写推荐信，推举他当形象代言人。我们拿起笔，郑重其事地写了起来。我使出浑身的解数，用细腻的笔触，描摹、刻画了一个前无古人、后无来者的超级优秀的绅士，我相信他一定会被选上的，我对他很有信心。十分钟过去了，我们都完成了短小精练的推荐信，齐刷刷地放下了笔。张老师说："现在进行评选，选出最好的推荐信，其作者获赠名牌西服一套。"顿时，我们热血沸腾。我心想：这不是天上掉下个大馅儿饼吗？只要轻松一段推荐信就能得到昂贵的名牌西服。可是，转念又一想，张老师只有身上的这套西服，其他啥也没有呀，奖品——名牌西服在哪里呀？于是，我决定先按兵不动，见机行事，这其中一定藏有隐情，张老师真有一套！

评比开始了，你方唱罢我登场，一个个争先恐后地诵读着自己的推荐信。有的描绘得淋漓尽致，有的描绘得幽默风趣，有的描绘得生动逼真……个个风格迥异，无一雷同。接着大家开始进行热烈的投票、唱票，终于获奖者——黄古玥、邓钦弈和王宇轩"闪亮登场"。最后就是激动人心的颁奖仪式，我瞪大了眼睛，一定要探个究竟，张老师的奖品到底从哪里变出来？！只见张老师漫不经心地脱下身上的西服，轮番地套在三位获奖者的身上，然后又得意地穿上西服。这肥大的西服套在王宇轩身上，他立刻就变得更加绅士了；穿在娇小玲珑的黄古玥身上，她好像马上变成了一个落水儿童；穿在邓钦弈身上，他还真有点领导的风范。如此这般之后，大家还在静静地等待奖品的出现，忽然我从张老师诡异的笑容中顿然醒悟：哦，原来奖品名牌西服一套就是将西服在获奖者身上一"套"此一"套"非彼一套。张老师真有一"套"！

中国文字真是博大精深，小小的"套"字就把我们套住了。张老师的讲课也是非常形象生动，张老师真有一"套"！

一米阳光

胡程皓

天空要黑下来，余晖在天边，给人送去最后一丝温暖的阳光。一米——一个孤独的男孩，最近，每当放学，就消失了踪影。

说起一米，他可是个小矮子，从小父母就离他而去，和年逾古稀的奶奶生活着。他成绩不好，体育不行，胆小无比，在班里，常常是男生欺负的对象。但是，他极其有爱心，只不过受到了胆小的压制。

一米的行为如此诡异，引起班长阳光的注意。放学后，阳光悄悄地跟随一米，来到了学校的百年老树——桂花树下，阳光有些不解，看着一米的神情，似乎是焦急地等待。快接近黄昏了，一米才偷偷地从草丛里小心翼翼地端出了一个精致漂亮的鸟巢，一只受过伤快痊愈的鸟安稳地躺在花巢里熟睡着。

他深情地望着巢中的小鸟，长长地叹了一口气："哎——前几次都没成功，祝我今天好运吧！"

说着，他把鸟巢抱在怀里，左手使劲抓住树枝，纤弱的脚踩住桂花树岔上，使出浑身解数蹬了上去，可树枝摇晃，一米也跟着左右摇晃，他想尽办法稳住，可无济于事，"扑通"一声，从树上掉下来。"呀！"在一旁观看的阳光被吓了一跳，马上堵上了自己的嘴。

眼前的一幕，消失的踪影，一米的背后……她深深地记下，泪水在黄昏里晶莹——

天黑下来，一米起身，拍了拍裤子上的灰尘，又深情地忘了一下鸟巢，消失在黑暗里……

第二天放学，阳光带着四（1）班全体同学躲在桂花树旁的石墙后面。一米来了，当他取出那个鸟巢时，所有学生都跑了出来。

一米被吓呆了，阳光握住了一米的手，笑着对他说："一米，不要害怕，同学们全看见了。你的朋友也许只是蓝天、大地、小鸟，但是你需要同学们，与你同舟共济，成为你的好朋友，对吗？"

一米焦虑的神情，慢慢地变为文静而温顺。

"从这刻起，我知道，你为了朋友可以付出一切代价，只不过胆小将你和人群隔开了，你不用怕，我们会帮助你将你的小鸟'朋友'的窝挂上桂花树的——"

"谢谢你们的好意，可——可是，我想……"一米的话还没说完，阳光打断说，"我知道，你想亲自为小鸟的花巢挂上桂花树，我会叫'大奔'帮助你的。"刚说完，"大奔"就上前抱起一米，将他举在肩上。

一米非常害怕，都快哭了，他连喊："哎哎哎，快放我下来。"因为"大奔"可是曾经欺负他的人。

"你没事吧，快端好鸟巢把它放在树枝上吧，我这肩膀快撑不住了。""大奔"满头大汗地说。"你没事吧，一米，你不会有恐高症吧？"小聪问。"是呀是呀，有恐高症就快说，免得你晕了。"阳光着急地说道……

　　一米感动极了，那一瞬间，他感受到了朋友真情的温暖，那种感受他从没体验过，关切的声音在他的心田回荡。他激动极了，把鸟巢放在一处坚实的枝丫上。"太棒了！"同学们都鼓起掌来，掌声响彻天空，友谊、欢乐……这一刻，是一米永远都忘不了的时刻，小鸟被这欢快的声音吵醒了，脚上的伤，已被友谊的魔力治好，她拍打着翅膀，飞起来了，在友谊的天空下展翅翱翔，"叽叽喳喳……"小鸟为一米放声歌唱，也为欢乐的场面鼓掌。

　　经过一阵欢呼过后，一米来到了阳光面前，紧握起阳光的手："谢谢你，阳光，是你让我感受了友谊的温暖。"一米转向大家，"我不会辜负大家对我的帮助，一定会成为一名好学生的！"一米感动得落泪了，大家也感动得落泪了，四（1）班所有的学生抱在了一起——

　　多么温暖啊！友谊的阳光照进了一米的心间，打开了一米的心扉……

　　校园里，桂花树散发着幽香，一米阳光，从桂花树下落下来……

同桌招数大揭秘

王心怡

他，是我的同桌，圆圆的脸，矮矮的个子，胖胖的身体，戴着一副圆圆厚厚的眼镜，坐在那里像个冬瓜，走起路来像只企鹅。一副老实的样子。实际上遇到事情他狡猾得很，招数多得很，不信你看——

第一招　声泪俱下

"好同桌，就再借我一次嘛！"他又问我借橡皮。

"不给！"我斩钉截铁地说。其时，不是我小气，而是他已经问我要了N块橡皮了。不是找不到了，就是用完了。我真不知道他是用橡皮还是吃橡皮！

他见我如此干脆，皱了皱眉，搔了搔头，眼睛眨了眨，就红了起来，用手一揉，一滴滴泪水滚落下来。我心软，赶紧扭过头去不看他。他却一声接一声地抽泣起来，我的心顿时"化"了，对他说："好了，你别哭了，我借你不就行了！"说完把橡皮放到他桌子上。

只见他拿起橡皮，破涕为笑，美滋滋地放进文具盒。

"哼！真是的，又被你骗了！"我冲他喊。他却憨憨地朝我笑笑，说："谢了！"

第二招　喋喋不休

英语课上进行单元测试。别看他是数学课代表，英语可不怎么样，经常不及格。所以他左瞧瞧，右看看，选择好了目标——我。

"让我抄抄，好吧？"他腆着脸"求"我。我不理他，顺手把卷子捂住了。

"我让你抄数学。"

我白他一眼，说："用不着！"

"喂，你就再让我抄最后一次嘛，最后一次。"我仍不理他。他每次都说最后一次，但"最后"之后永远还有"最后"。他唠唠叨叨，婆婆妈妈地说个不停，烦得我都不能做题了。我指着他威胁道："你要再说一句话，我就……"他依然低眉顺眼，好脾气地说："行行，我不说了，不说了……我就是想抄抄嘛！"

我忍无可忍，掀开卷子，"抄吧，抄吧！烦死了。"他冲我笑笑，"谢了！"马上闭了嘴。

第三招　糖衣炮弹

　　"真的，我家的母狗上礼拜生小狗了。生了三只，两只白的，一只花的。"我一听便眼前一亮。我从小就喜欢小狗，何况是刚生下的，一定非常非常可爱，非常非常好玩！他继续说，"你要去我家看吗？喜欢的话可以抱一只，怎么样？"我兴奋得不得了。

　　那天下午，老师让同桌互检背课文签字，要求家长必须签上"已背会，家长，某某某"，不能只写"家长"。而他却恰恰写错了。我正准备告发他，他却慢条斯理地说："你要告老师，我就不送你小狗了！"我好容易和家长说通，家里养一只小狗，怎么能不给了呢！只好睁一只眼闭一只眼了。他又笑眯眯地说："谢了！"

　　他就是这样，让别人答应他的要求时，总能想出好多"招数"，而作为同桌的我则"屡战屡败"，一再上他的套儿。

　　不过，他还是很善良的，帮助别人不遗余力。

　　上美术课，我忘了带书。他二话不说，拿出书和我一起看。老师检查到我们这儿时，瞪圆了眼睛望着我俩，问谁没带书，他毫不犹豫地说："是我！"我愣了一下，觉得不能让他当替罪羊，便说："老师，是我。"老师看我们态度好，都主动承担责任，放了我们一马。

　　他就是这样，招数多多，却又聪明善良。和他同桌，总能让你快乐每一天。

老师"教"我们吃零食

陈小浩

最近，我们班很多同学都喜欢吃零食，并且常常把零食带到班级中来，因此，产生的包装纸等垃圾污染了班级的卫生环境。

今天上午第三节课上，周老师一进教室就问："同学们，现在饿吗？"

"饿——"大家异口同声。

"老师也饿了。既然大家都饿了，我们就来加点餐吧。你们不都带着零食吗？现在可以吃了，想吃多少自己决定。"周老师用怂恿的目光看着我们。

咦？不可能吧？我们满脸疑惑地看着周老师。不过，一阵面面相觑之后，我们便从抽屉里掏出锅巴、酸梅、饼干、糖果、炸鸡腿、薯片、辣丝等零食开开心心地吃起来。

等我们把零食都"解决"完了，离吃午饭的时间也不远了。周老师问我们："很快又要吃午饭了，你们还有食欲吗？"

"没有了。不想吃了，吃饱了。"

"那中午饭就不吃啦？"周老师又问道。

"不吃啦！" "少吃点！" 我们七嘴八舌地说。

周老师笑了笑："午饭不吃或者少吃，下午又得挨饿，还要吃零食，是不是？"

周老师的话音刚落，我们就都不好意思地笑了。

这时，周老师一本正经地说："那就不对了。吃零食影响正餐，干扰了正常饮食，长此以往，必然会导致营养吸收不均衡，对身体十分有害。" 我们都睁大眼睛看着周老师，他继续说："我们的身体需要多种营养，如蛋白质、脂肪、糖类、维生素、矿物质等，缺少了哪一样都不行。而这些营养主要来源于主食和蔬菜，这是零食无法提供的。另外，油炸的或太辣的零食吃多了会上火；过咸的会引起口渴，对肾脏不利；过甜的会影响食欲，还会造成肥胖。"

"啊，原来吃零食有这么多害处呀！" 我们惊呼起来。

周老师接着说："还有，有些零食属于'三无食品'，往往添加剂超标，卫生质量不合格，甚至过期变质。过多食用这些零食，会对身体造成严重的损害，影响我们的健康和成长。所以，我的意见是：你们应当吃好正餐，零食只能做补充，而且买零食时一定要看清楚有没有生产厂家、日期、保质期等，同时还要注意清洁，不乱扔包装袋，养成良好的卫生习惯。同学们，你们能做到吗？"

"能！" 这次不仅是异口同声，而且是信誓旦旦！

"淘气包"同桌

杨 欢

　　在我的脑海里，我的同桌是难忘记的，他尖嘴猴腮，思考的时候总喜欢抓抓后脑勺，我们班的人总喜欢叫他"唐老鸭"，因为他走路的时候大摇大摆，真像"唐老鸭"，他非常聪明，但很骄傲。不信就往下看吧！

　　"唐伟，95分，全班第一。"唐伟笑得两颗门牙都露出来了，大摇大摆地上台拿试卷，对底下的人做了一个鬼脸，又像"唐老鸭"一样地走到位置上，他小声地对我说，下次他一定拿一个学校一等奖，一转眼的时间，又考试了，他连卷看也没看，拿起笔就写，我们都抓耳挠腮地想，可他在做小动作，"收卷"老师一个洪亮的河东狮吼，把全班人吓了一跳，我满脸悲伤交了上去，可唐伟眼睛也没眨一下，他信誓旦旦向我保证，一定是第一名。可是下午来了，他的威风劲没了，像一个打蔫了的茄子，原来，他考差了。我心里想："看你不是骄傲吗？这次是一个教训吧？"从此，他再也不骄傲了，像孔子一样不耻下问了。

　　他的淘气表现在下课，"丁、丁、丁……"下课了，我们像一阵风一样冲向了操场，我见唐伟偷偷摸摸地从草丛里拿出了一个盒子，我以为他搞特务行动，偷偷地跟了上去，他进了教室，在门上搞了一阵子，得意地笑了，一个女同学来了，她把门一推，一个毛茸茸的毛虫和扫把掉了下来，毛毛虫在女生胸前爬行，头上顶了个扫把到处乱跑，不是撞那个，就是碰到了这个。我从窗户往里看，他的表情太恐怖，皮笑肉不笑，他又开始"作案"了，把一瓶子水放在门上，准备做一次大的了，刚才被捉弄的女生来了，准备和唐伟大干一场，他把门一踢，还以为有扫把，他向前一站，水像雨一样下来了，把她弄得像落汤鸡，站在她旁边的我都被殃及到了。

　　你说，唐伟是不是恶作剧高手，下次再介绍他另几样"优点"。

竞　争

任　畅

我是第一名

艾作碧是希望小学一名五年级的学生，她冰雪聪明，很招人喜欢。她的妈妈和老师经常在众人面前炫耀艾作碧，所以，艾作碧也成为"举世闻名"的校花。

艾作碧次次考试得第一，期末考试更是无人能敌。但是，艾作碧坐在"第一宝座"上也从来没有骄傲过。她最好的朋友杨柳甘拜下风，每次只能捧个"第二"的奖杯，但是，杨柳并不计较，只是默默地努力，并经常鼓励她。有了杨柳的鼓励，艾作碧更加充满自信。

丑小鸭与白天鹅

一转眼，6年级到了，一件事情让全班同学惊叹了！老师说，最近班上要转来一名新同学，希望大家能够和她和睦相处。过了一个星期，那位新同学果然踏进了希望小学的大门，踏进了六年三班的大门，踏进了同学们的心中。"大家好，我叫林雪琪，今年13岁，希望大家把我当作你们的知心朋友，谢谢！"全班同学都被这位女同学银铃般的语言感动了，艾作碧当然也是诚心欢迎她。

六年级的第一次考试，艾作碧的宝座被刚转来的林雪琪取代了。大家一开始都不相信艾作碧比林雪琪学习差，杨柳也不例外，还是一如既往地鼓励她，告诉她不要气馁。慢慢地，第二次，第三次考试陆续降临，林雪琪仍然是第一名，而艾作碧却一步也不能前进，死守着她的第二名。大家都把目光转移到林雪琪身上，艾作碧在同学们心中的位置一落千丈。艾作碧很不服气，跟林雪琪化友为敌。从此，林雪琪变成了全校瞩目的白天鹅，而艾作碧则变成了不服气的丑小鸭。快要考初中了，校园里充满了紧张的学习气氛，艾作碧暗暗下决心，一定要超过林雪琪。考场上，数百名考生严阵以待，个个紧锁着眉头，严谨地思考着每一道题。考试成绩出来了，同学们有的乐得像一朵花，有的却唉声叹气，艾作碧终于达成了自己的心愿，得了第一名，而林雪琪却成了第二名。这其中到底有什么奥秘，使百战百胜的林雪琪与屡战屡败的艾作碧调换了位置呢？

艾作碧的秘密

巧了，艾作碧和林雪琪都考入了省重点中学。林雪琪可不是那种小肚鸡肠的人，她考了第二名，只是一笑而过。知道艾作碧考第一名的秘密吗？那得从考试那天说起——

考试那天，艾作碧有一道题不会做，她绞尽脑汁也想不出来，她本想放弃，可又一想，这次一定不能输给林雪琪，于是，她脑子里有一个念头闪过：作弊，但她立刻否定了。"还有5分钟交卷"，监考老师下了"催命令"，艾作碧无路可走了。她旁边是杨柳，她稍微瞟了一眼，便正好看中了这道选择题的答案，于是，她慌忙地在卷子上填上了"A"。幸运的是，艾作碧的答案完全正确，真是踏破铁鞋无觅处，得来全不费功夫啊！

考场作弊

在重点中学的每一次考试，班里的第一、第二名总是艾作碧和林雪琪，每次考试不会做的题，艾作碧都使出了她的"撒手锏"——作弊，不是瞟答案式，就是翻书本式。艾作碧每次到了复习期间，都想着怎么超过林雪琪，并不认真复习，所以每次考试都会出现"拦路虎"。

升初三时，艾作碧又故技重演，她瞟答案时恰好被监考老师逮了个正着，老师没说什么。中考时，监考老师在教室里来回走，正好看见艾作碧偷看语文书，忍无可忍，当众揭发了艾作碧，当老师询问艾作碧为什么时，她支支吾吾地说："我……我……"艾作碧惭愧地低下了头。

我们是朋友

艾作碧十分沮丧，大家都瞧不起她，她身边没有一个朋友了，只好独来独往。这时林雪琪走近了她，要打开她心灵的窗户，帮助她走出阴影，艾作碧被她真诚的语言深深地感染了，决定改正错误。艾作碧和林雪琪高喊："我们是朋友！"

从那以后，艾作碧和林雪琪一起努力，一起进步。最终一起考入了名牌大学，实现了她们的梦想。

一场特殊的考试

陈彦君

今天，我们快乐作文班出了一件新鲜事，上课时张老师给了我们每人一张试卷，我想张老师是不是搞错了？张老师看到我们一脸疑惑不解的样子，补充道：先考试后写作文。"哦，原来如此"我们异口同声地说道，老师又补充一句："要求三分钟写完，做完的单元考试有加十分，失败的倒扣十分，你们可要认真看题哦。"天哪！不可能的，3分钟做一大张试卷，又要看题，这……这……不可能的，张老师开玩笑的吧！可张老师从来没有说过一句空话呀！我们看她一脸严肃的样子就不再怀疑，我管她三七二十一，赶紧做吧！我说干就干，时间像离弦箭一样飞快，一分钟快到了，咦？有两人不做了。我本想叫他们快做，可我都"自身难保"，还管别人，我真是吃饱撑着没事做。

3分钟到了，"停"张老师一声令下，大家都停下手中的狂舞笔，我心想这次完了，还有一大半没有做完，呜呜呜……我在心中默默地哭泣，可又有什么办法呢？时间到了，这时张老师一脸温和的样子，叫我们从头把题目看一遍，看到了最后一行，我大吃一惊，睁大眼睛再看一遍，又在心中呜呜大哭，为什么呢？告诉你们，最后一行写着：请同学们认真看题目后再做，只需做第三题。唉！上回哭是因为没有做完，这回哭是因为做多了。

这场特殊考试让我们明白，做什么事都要认真对待，细心处理，千万不能马马虎虎，草率而行。对待万事要三思而后行，因为世上是没有后悔药的。

迟来的谅解

张炜佳

（一）

我和肃琴是形影不离的好朋友。

今天早上一来到学校，我就有一种奇怪的感觉。琴已经来到了学校，她看见我欢快地跑了过来。琴说："雪，今天要选班长，在你和于之间。"我随便地哦了一声。上课了，兰老师说要选班长，真是不可思议。最后统计我以一票之差落选，于当上了班长。我认为没什么大不了的，这个班长我不喜欢，每天那么累，而且还得罪人。下课了，冯天跑过来神秘地对我说："你不知道吧，那一票是肃琴的一票！"我不以为然，不屑地哼了一声。

我问："琴，今天于比我多一票当上了班长，那一票是不是你的？"

琴说："雪，你别生气，我投于一票，有两个原因：一是他和你的成绩不相上下；二是他没有当过班长。应该让他试一试。"我有点愕然。

我尽管不想当班长，可我还是不能原谅最好的朋友选别人。我一气之下，大声说了句："我再也不和你做朋友了。"

琴哭着跑开了。

（二）

这几天我和琴谁也没有理谁，即使是我们单独碰面也没有。

我心爱的钢笔"飞"了，我正着急，看见琴拿着我的钢笔走过来。我赌气地说："好啊！肃琴，原来是你，你敢拿我的钢笔！你知道它对我是多么重要吗?"

琴小声地说了声："对不起。"

我生气地抢回了钢笔，重重坐到自己的座位上。同桌悄悄地对我说："雪，琴是帮你找到了笔，正要还回来。"

我想去找琴说声对不起，几次想站起来，看见琴趴在桌子上，双肩微微抖动。我最终还是没有去说。

今天，琴被人欺负了，我本来应该去帮忙，潜意识中又有一丝不快，想让琴尝一尝这种滋味，想起来有点懊悔。

后来的好几天，琴一直没有来学校，我几次想去看看她或打个电话，一直没有如愿。

（三）

消息是老师向我们说的：肃琴同学因为父母的关系，要去英国读书。

这个消息对我来说无疑是一个晴天霹雳，我一直不相信，我还没有向她说对不起，恢复我们的友谊，她就走了。

我发疯似的在花丛中奔跑，脑中一片空白，幻想琴会突然出现，听我给她说对不起，一起上学，一起回家，还做最好的朋友。

（四）

琴还是走了，给我们每个人准备了一份礼物。我有点兴奋，颤抖着双手、急切地打开它，突然里面掉出一封信。我拿起信封，打开信纸，字迹有点模糊，原来泪水已经在我眼里打转，我定了一下神，含着泪默默地看着：

亲爱的雪：

你好！

你的名字就是我想和你做朋友的原因之一，也许我不该走，不过，这也许是给你的最好的礼物。我想一直把你当成最好的朋友，直到永远。

琴

（五）

亲爱的琴：

　　你好！

　　我在心中早已原谅了你，那次我说的是气话。还有……
还有许多我的近况，想讲给你听。

雪

　　这封信我没有发出去，我把它和琴的那封信放在一起埋藏在了
心底。

班中之最

王　康

在我们班，有三大最："最聪明又淘气"、"最肥大"以及"最可怕"。这三大最在我们班中最"著名"，而且在全校也最引人注目。

这第一大最是"最聪明又淘气"他是我们班的特殊人物，被安排到了第一排。他喜欢读书，还爱看教育台的节目，对世界古今文化都略微了解。为什么说他淘气呢？由于他懂得知识比别人多，在上课时老师说，他也说，不举手就随便发言，虽然大多数是对的，但老师和同学对这种做法比较反感，所以，他在全校被称为第一大最。

这"最肥大"就要被"刘嘉伟"所拿了。他在我们班是块最大的，这一点受到了女生的青睐。有的女生在班中经常被男生欺负，所以，每到有困难，都会来找他帮忙，所以，他渐渐变得女孩气了，我们都为这个变成女生的男"同志"感到失望。有一次，我为了使男孩子在班里顶天立地有男孩子样，所以，我们"84队"（指男生队）下了一个通知，哪一个队员要再对女生大打出手，他将自动离开"84队"参加到"94队"（女生队）中。所以我们准备让刘嘉伟"归队"。我们软硬兼施，最后软的不行只能来硬的，对他发起总攻，可由于他的肥大，一个人能同时对付我们几个人，使得我们大败而归，这一"肥大"的绰号就这么定了。

这第三最，也是最可怕的，就是非我们班主任老师莫数了。不管是布置作业或是下了公开课后的训话都很可怕。每到布置作业，便是我们最烦恼的时候，因为她总是唠叨个不停，因为她把一项作业，翻过来，倒过去要说好几遍，她可能也是好意，为了让那些反应较慢的同学听清楚，但这唠叨太麻烦了，有人甚至想用棉花塞住自己的耳朵。

下了公开课训话更是麻烦。老师总是占用一节课来批评我们，她也不嫌累，一节课一口水也不喝。先批评班干部们，说："你们这些班干部，上课时都想啥呢！个个不举手，坐在那跟个呆瓜一样。"批评完班干部就该批评"百姓"了："还有其他人，也是，不发言，发言有多难了，啊！"

当然，也稍有表扬，但谁也高兴不起来。所以每到布置作业或下了公开课，我们就紧张起来：可怕的老师又来了。

怎么样，这就是我们班的三大最，够劲吧！这三个人，在学校也很有名。不知在自己家里是不是如此的表现，也表现得这么突出吗？

暗无天日的体育课

杨 玥

"Oh my god！！！"

一听到这样"凄惨"的叫声，不用问也知道，今天一定有体育课！

从前的体育课是什么呢？是轻松自在；可今天的体育呢？是暗！无！天！日！

这个学期一开学，第一天就有体育课！上课前，同学们的右眼皮一直在跳，这让我们一起联想到了一句话：左眼跳福，右眼跳灾！

果然，不出我们所料，我们全校最严厉的老师正挺着大肚子"款款"地向我们走来。

上课第一天，他就给我们来了个下马威。

"你们怎么回事！没吃饭啊，一个个的，像面条似的。立正！双脚脚跟并拢，脚尖分开60度！双手绷直，紧贴裤缝两边！抬头！挺胸！收腹！"

妈呀！我们都还没听清他在说什么，只看见他的嘴唇飞快地一张一合。我们心里暗暗惊奇，他的这速度，不去当相声演员也太浪费人才啦吧？

我还没从他的神速中反应过来，一本书就敲到了我的头上。

"你这个排头怎么当的！别人都在听口令，你发什么呆！"

"哦。"我摸了摸头上的小山包，心想：天哪，全校最严厉的老师也不是吹出来的！恨，你帅，你头顶一窝白菜，身披一条麻袋，腰缠一根海带，你自以为是东方不败，其实你是傻瓜二代！咦？平时作文水平不高的我，今天怎么编出了如此"美妙的歌谣"呀！看来，人的潜质也是需要激发的嘛。

我刚自恋了一会儿，"砰"一本书又一次打在我头上。

"哦！"

"你怎么老走神！"

"唔——老师，您从前是拧钢筋的呀！下手好重哦。"我小声嘟囔着。

可这样小声，却不知让一股什么风一吹，让老师听见啦！

"你说什么！"

天，简直是河东狮吼原版再现嘛！

"你……你……给我绕操场跑10圈！不不不，跑20圈！"

"啊！"

"555……5"

下课了，一大堆同学围在我身边，同情地看着趴在桌上，已累得虚脱了的我……

我们班的名人档案

薛舒天

一、"金刚虎"

姓名：易强

年龄：12岁

特点：谁只要招惹他，就会……一个字，惨！

事例：体育课上，我们自由活动。易强在经过的英语老师身后做小动作，结果被看到。也不知怎么，就跟老师打了起来，直到其他老师把他们拉开。张雪同学上前去劝他，也被他推倒了，结果手腕骨折。

二、"母老虎"

姓名：刘璐

年龄：11岁

特点：内功极深，掐人时足以让人生不如死。

事例：很不幸，我是她的同桌。一次，上数学课，也不知她又想修炼什么神功，拿我当试验品。结果，一掐，我平时的"龟壳神功"失去了作用，一下子叫了出来，害得我挨了老师一顿骂，她却在那装模作样地看书。看来我还得练免疫功。

三、"英语通"

姓名：杨海涛

年龄：12岁

特点：从国外归来，讲一口标准的英语，连老师都要请教他。

事例：前段时间，外国的一个校长来参观。她给我们讲话时，连翻译也没反应过来，杨海涛就立马说了起来。

四、"点头专家"

姓名：李兆辉

年龄：11岁

特点：歪脑袋，习惯点头，搞小动作。

事例：还是在数学课上，老师正在批我们，他却头朝下，不断地点头。我一眼就看见，他在课桌里玩笔。突然，老师看见了他那模样，便很生气，要叫家长，他站起来，歪着头，捂着胸口，小声说："我心脏难受。"

五、"搞笑二人组"

姓名：冯超、路晓磊

年龄：11岁、12岁

特点：行为怪异，做好玩动作，脸皮厚。

事例：上英语课，他们两个说话，被罚站。趁老师不注意，手舞足蹈起来，老师一扭头，他们就停。还向大家做鬼脸，打招呼，好像国家领导人说："同志们，辛苦了。"

六、"娘娘腔"

姓名：田伟宏

年龄：12岁

特点：只有两个：爱哭、娘娘腔。

事例：一次吃早餐，孙晓琴抢了他一个包子，他立马哭了起来，然后跑到老师面前，用极娘娘腔的声音喊："老师，她抢我包子。"这可真让老师哭笑不得。

真正的勇士

刘慕尧

我们班有个同学，叫张坤。他很强壮。圆盘似的脸上长了一双小小的眼睛。那双眼睛总是呆呆的，没什么内容。高高的鼻子下面有张厚厚的、不大爱说话的嘴巴。

张坤的成绩很差，因为他的智力很低，恐怕连学前班的小朋友都比不上。

同学们总是欺负他，记得在三年级的时候，我们想讽刺他，好让他知道自己有多笨。刚下了课，大家就一窝蜂地追着张坤向他问问题，有人摆出二的手势让他猜；有人摆出八的手势让他猜；还有人故意说一些绕弯的话让他学……"兔子，枪手……"他的回答总是赢来一阵阵的哄笑声，"傻瓜，你还在正常班待着干吗，你应该去辅读班才对。"大家就好像得到了满足，一哄而散。而张坤也从不生气，只是憨憨地笑笑。

可是渐渐地这个一无是处的张坤，改变了我们的看法，它虽然学习很吃力，却很爱劳动，不怕苦，不怕脏，班里的卫生死角都是他清理干净的；最脏最臭的垃圾桶每天都会被他收拾得干干净净；因为他个子高，我们班的灯管也都是他擦，有一次他上去擦灯管，踩了两个凳子，老师让两个同学扶着凳子，可是下面的同学恶作剧，悄悄放开了手，他也不知道，在他正探着身子踮着脚尖擦时，凳子一晃，只听哐当一声，他那笨重的身子掉了下来。班里的同学大笑了起来，有的同学笑得前仰后合。老师闻声赶了过来，扶起疼得满头是汗的张坤，严厉地对那两个同学说："你们俩谁上去擦？"两个人低着头，谁也不吭气。"你们不是厉害吗，勇气去哪了，你们的本事就是欺负同学吗？"同学们停住了笑声，老师扭过头来，对大家说，"真正的勇士应该是不怕困难，勇于挑重担，今天我给张坤颁发一枚勇士小奖章！"掌声响了起来，那两个同学惭愧地低下了头，主动地走到张坤的身边，帮张坤拍去了尘土，向他道歉："我们错了，你疼吗？"张坤还是憨憨地摇摇头，红着脸说："没事，已经好了。"

从此以后，同学们再不欺负张坤了，而且那两个同学主动提出帮助他学习，他们成了最好的朋友。

第四部分
爱你有多远

那是一片青青的绿草，开着许多娇小的花。那些无名的小花，虽然不名贵也算不上典雅。可那小花在风的吹拂下轻轻地摇摆，显得那样单薄、那样脆弱，看着都会使人心痛。她，如同那些无名小花轻轻地来到这个人世间，迎着风成长。

——廉庆《母爱》

妈妈是个"八爪章鱼"

刘婧怡

八爪章鱼，不是在海里才有的吗？你知道八爪章鱼的特点吗？那就是它的触手可以同时做事情，它的眼睛还可以360度旋转，前后上下左右都可以看见。怎么样？厉害吧！我的妈妈也有这样的本领，那我就来说说我的妈妈吧。

我的妈妈齐肩短发，戴着眼镜，看上去文质彬彬，可做起事来一点儿也不马虎，她每天骑车上班，下班就忙着做饭。我放学一回家就有可口的饭菜在等我。我的文具坏了找妈妈，东西不见了找妈妈，作业不懂也找妈妈。妈妈经常一边做饭一边回答我的问题，还要见缝插针整理一下房间，妈妈总说自己是八爪章鱼就好了，可以同时做好几件事。所以我便把妈妈称作"八爪章鱼"了。

妈妈对我的爱是无微不至的，有一回晚上我发高烧，妈妈送我去医院就诊，可医生在住院部，要走好长一段路，我的脚一点儿力气也没有，妈妈二话不说，背起已经快四十公斤的我往住院部跑，我趴在妈妈身上听见妈妈沉重的喘气声，几次我要求下来，可妈妈说："没关系，再坚持一下就到了。"

在学习上妈妈也是对我一丝不苟，我刚上学时成绩不好，妈妈总鼓励我，常为了我的一点小进步喝彩，我也看了好多妈妈订的报纸和书，如今我的成绩有了很大的进步，妈妈也为我高兴。

这就是我的"八爪章鱼"妈妈。

对 手

李 卓

　　几年前那一场场挥汗如雨的乒乓球赛，至今想起仍记忆犹新。幼儿园时，我和爸爸在客厅的茶几上练习打乒乓球，上了小学，我刚好高出球桌一头的那个假期，爸爸开始带我去体育馆打乒乓球。

　　手竖握球拍，站在高高的球桌旁。爸爸先教我发高抛球。"把球高高地往上抛，凭感觉接起打过来。"爸爸耐心地示范着，一遍又一遍，我认真地听着，模仿着，发出几个球，有的，没过网；有的，球拍是伸出去了，可球却直直地落在我的脚下，接空了，还有的打飞出去。爸爸微笑着说："我有你高时，还不会握球拍呢，你打得多好啊！""高抛球是国际乒联规定的发球规则，成人发也一样难，没事，你多发几个就能找到感觉的。"听爸爸这么说，我立刻高兴起来，我终于发过去了一个，爸爸真的没接到。

　　学会了发球，接着，学转球，削球，杀球。我每一次把球打过去，曾获得过本系统乒乓球冠军的爸爸表情慌乱，十分紧张的样子，狼狈极了。自从我学会发国际标准的高抛球后，爸爸跟我打球从未赢过，接球的动作还笨拙得让我惊讶。爸爸一会儿跑左，一会儿跑右，真像一头"笨熊"。可每一次结束，爸爸都竖起大拇指，说："真不错，球打得越来越好了。"这让我更加喜爱这个小小的圆球。我心里洋溢着从未有过的喜悦，手舞足蹈，昂首挺胸，多么自豪啊，就是想不通爸爸怎么连我的球也接不着，也许我发的球真的是高难度的球！爸爸擦着额头上的汗水，微笑的眼神平静地望着我，像深深的潭水……

如今，我已升六年级了，还是一个周末，还是那个地点，我和爸爸各自亮出绝招，爸爸的旋转球在空中弧线飞行，削球又软又短，可我还是以6：4赢了爸爸。这次，我是真的赢了。泪花一下子在眼里打转，世界模糊了。"你的球真不错，越来越好了。"又仿佛听见了爸爸那熟悉的声音，爸爸在球桌旁跑来跑去"笨拙"的样子又浮现在眼前。

爸爸，没有您一次次的输球，没有您一次次的陪练，我的乒乓球就不会打得这么好。

后来，打乒乓球成了我无法割舍的爱好，我能熟练地打出旋转球、削球、吊球和杀球。这时，我总是不由自主地想起我的爸爸。

QQ给爸爸找女友

冀扬黑

前几天，我帮爸爸办了一个QQ号，准备给爸爸在QQ上找女朋友。

因为爸爸离婚了，带着我这个儿子，和爷爷，奶奶生活在一起。他每天都是一下班就回来，给我做好吃的，照顾爷爷奶奶，周末也总是带我出去玩。没见他有什么女朋友。所以我要在网上帮他寻找一个女朋友。

我爸爸戴着一副眼镜，挺帅的，当过兵，还是副班长。俗话说：三十而立，我爸现在正是如此。他现在有一辆QQ车，还有一个儿子，当然就是我了。

有一天，我好不容易帮她找到一个QQ女朋友，问了对方的情况，让爸爸跟她聊起来。聊得正带劲，女朋友突然问："魔兽是什么？"爸爸马上问我，"魔兽是什么？"我想，"磨手？当然是搓手了。"我边说边走过去。爸爸已经把"搓手"发出去了。我一看，原来是"魔兽"啊。晚了，女朋友被气跑了。留下一句话："老土！那是游戏。"

第一个女朋友被我气跑了，那就再大海捞针吧。

我费尽力气，从茫茫网海中捞了一个，看空间里的照片还挺漂亮，聊天的语气还很温柔。就这个了！我鼓励爸爸前去搭话。我爸爸很会使用标点的，逗号句号省略号区分得很明确，而且也不写什么错别字。不像我，聊天从不用标点，错字一大堆。只见女朋友问，你三十多岁了吧。我爸说："你怎么知道？"那人说："你这么会用标点，所以我想，你一定三十多岁了，多很多，你有点太老了！"

最后在对话框了传了个"靠"，就闪了。

老爸一直挠着头说："要靠什么？到底是什么意思？"

我笑得下巴都快脱臼了。什么"靠"、"晕"、"大虾"、"菜鸟"、"酱紫"，爸爸是通通不懂。

唉，又跑了一个！

我一点儿都不灰心，屡战屡败，屡败屡战，又给爸爸找了一个女朋友，这回没敢找太漂亮的。我逼着爸爸聊上了，开始聊得还行，每天和我爸聊韩剧，探讨里面的真正爱情。还说，就喜欢我爸这样顾家型的。害得我爸没日没夜地看韩剧。

我鼓励爸爸，争取早日约会。爸爸这次也满怀信心，恶补网络语言。居然有一次被我看到：88了，我要去给儿子买东东，没想到我爸进步这么快！

可是，那天一听说爸爸有我——这个12岁的儿子，立刻消失得杳无音信了。连QQ号都删除了。

找一个女朋友也是一件不容易的事。我会给我爸继续找下去的。俗话说得好："坚持就是胜利！"

永远不变的母爱

廉　庆

　　"小莹呀，你爸爸在你很小的时候就去了一个很远、很远的地方……"幼小时，她总是躺在摇篮里，睁着一双无知的大眼睛望着妈妈。她，还什么都不懂。

　　长大了，她也就不再追问什么。虽然没有父爱的陪伴，可也处处得到母亲的呵护。她，是最幸福的女孩子；她，是最娇艳的一朵花；她，是妈妈捧在手心里的珍珠。她的生活中处处洋溢着欢乐，充满了愉快。

　　房屋前，那是一片青青的绿草，开着许多娇小的花。那些无名的小花，虽然不名贵也算不上典雅。可那小花在风的吹拂下轻轻地摇摆，显得那样单薄、那样脆弱，看着都会使人心痛。她，如同那些无名小花轻轻地来到这个人世间，迎着风成长。

　　她的所有记忆里都是美好的篇章，妈妈让她快乐得没有时间来考虑没有父爱的存在。

　　那，是一次妈妈单位组织的体检，几天后医院打来了电话说怀疑她是一种病。经过更进一步的检查，更加证明了医生的推测，是——晚期。面对这突如其来的残酷现实，妈妈心中没有一点准备。脑子里一片空白，心中十分零乱。

医生也就在这个时候推推她，把她唤回现实当中"回去和家人商量一下，赶紧准备手续、收拾东西来住院！""有可能治愈么？"妈妈声音颤抖地说，"这种病不治疗只有几个月的时间，进行治疗用化疗和药物维持，也只能撑一半年载的时间。"医生叹息着，无可奈何地摇摇头。

妈妈走出医院的大门，不停地在街头两边徘徊，不知该如何应对。虽然自己在外企工作，收入不错的她完全有能力治疗。但她还是下定决心：放弃治疗，她要好好地为小莹做些什么，再把省下的钱留给女儿，然后再放心地离去。做出决定后她才慢慢地走回家去。

回到家里见小莹已经睡着了。妈妈轻轻地走到床前，用目光久久地扫视着她。看着，看着，妈妈的眼睛湿润了，泪水忍不住掉了下来。落到被子上，淌到小莹身上。"妈，你来了，怎么哭了？"小莹睁着蒙眬的睡眼问，"没，没什么"妈妈吓得一躲闪，赶紧离开了。

她强忍住病痛，清晨，她依然微笑着给小莹系上美丽的蝴蝶结；早晨，她依然早早地起来就做好了丰盛的早餐。她告诉小莹要去外婆家看望外婆，小莹和她一起去。来到了外婆家，外婆乐呵呵地把她们领进了屋。妈妈让小莹出去玩了。自己和外婆走到了里屋，"妈，以后小莹就住在您家，我把她就托付给您了。"妈妈含笑说，"怎么了，怎么无缘无故说这种话？"外婆十分不解，"没事，您以后就知道了。"妈妈没有再说什么，只是冲她难过地笑笑。

妈妈把小莹叫进里屋，和她坐了下来。"妈妈要出差了，你住在外婆家，一定要听话！"说着说着，眼泪竟把床单都打湿了。

"妈，这又不是什么生离死别，至于哭吗？您说的话，我都记下了。"说着，小莹蹦跳着玩去了。望着小莹可爱的面孔，她的心里好心疼。

妈妈交代好了以后，才从外婆家离开。她回头，深情地凝视着小莹，直到小莹回了屋子……

小莹在外婆家生活得很好，明白了妈妈的艰辛，懂事了许多。她想起了妈妈的生日，买了蛋糕和鲜花——要送给她心中最美丽的妈妈。

来到楼门前，她轻轻摁了门铃。妈妈强忍着病痛，装作很精神的样子开了们。"妈，今天是您37岁的生日！祝您生日快乐！"

妈妈笑了，笑得那样灿烂——这是她最幸福的时刻！她一下把小莹搂在怀里，她忘记了所有的病痛。吹完蜡烛的那一刻，所有的坚强和伪装全部化为了脆弱，她的眼泪洒下来，但却笑得灿烂。"你和外婆在一起，好好过日子"她倒下了，却把那最美丽、最灿烂的母亲的笑容留在了人世间。

小莹在这一刻什么都明白了，她搂住了妈妈已经开始变凉的身体。隐约间，感到妈妈的胸口还微微热着，她知道了——妈妈的生命虽然已经凋零，但唯一留下的是那永远不变的母爱心。

坚决负责到底

毛辰路

　　我爷爷是已退休十几年的老教师，身体很差，经常生病，又黑又瘦。去年九月份，他生了一场怪病，叫什么"老年消化系统抑郁症"，不想吃东西，硬吃下去马上就会都吐出来。看了不少医生，都没有好转，病得腰都驼起来了，全家人都急得坐立不安。九月份，我们找到一位著名中医，用中药来医治爷爷的病。

　　爷爷这个人什么都好，就是不肯按时吃药。过去爷爷吃西药都是奶奶管，奶奶根本管不好。现在吃的又是中药，一天早晚一碗苦得不得了的中药，爷爷怎么可能喝下去？奶奶、爸爸和妈妈都在发愁。一大袋中药买回来，怎么办？爸爸突然做出了一个决定："让路路管爷爷吃药！""我管？"我吃了一惊。奶奶说："只有你才能管得住爷爷吃药，爷爷最疼你，你要利用这一点，叫爷爷天天吃药，爷爷病治好了，你就是我们家的大功臣，你的责任重大啊！"听了奶奶的话，我想，我有责任为全家分担忧愁。于是，我使劲地点点头。当天晚上，我就用一张红纸写了几句话："敬爱的爷爷，为了您的健康，为了全家的幸福，请您按时喝中药，你的宝贝孙子路路。"贴在爷爷床头的墙上。

第二天吃早饭时，奶奶已把煮好的中药放在饭桌上，我坐在爷爷的对面，看看爷爷。爷爷问我："你怎么不吃早饭？"我一本正经地对爷爷说："爷爷，从今天起，您不喝完药，我就不吃饭了！"说完我就把一块冰糖放进爷爷的嘴里，爷爷拿起碗"咕嘟、咕嘟"地把药喝完了，我们一家开心地笑了。

过了几天，奶奶告诉我，爷爷吃药又有点儿偷懒了，不肯吃药了。我很着急，以后除了每天看着他早晚喝完药外，还制了一张精美的奖状，告诉爷爷，您如果每天都能按时喝药，我就给你发奖状。爷爷哈哈大笑，说："我一定要得到这张奖状！"

半年多来，我牢牢地记住了这份责任。现在全家看着爷爷大口大口地吃饭，看着爷爷脸上长了不少肉，都暗暗地高兴。我把奖状发给了爷爷。奶奶笑着对我说："小孩从小就要有责任心，这张奖状应该发给你，爷爷现在还在继续吃药，你要负责到底，一直到爷爷的病全好为止。"我说："坚决负责到底！"

一年多来，我天天都这样做。现在看着爷爷已能大口大口地吃饭，我感到自己尽到了做孙子的责任。我还要继续努力直到爷爷健康为止。

我当"小保姆"

王诗云

在愉快的春节里，我当了一天的"小保姆"，领阿姨三周岁的孩子李晖。回忆这一天的情景，觉得十分有意思。

本来，我以为领小孩很容易，只要当心他不尿床，不摔跤。其他嘛，孩子玩，我也跟着玩。

但是，实际情况却大大出乎我的意料，这孩子真不好领，太顽皮了。踢皮球差点打翻热水瓶，吃奶油蛋糕成了"白胡子小花脸"，学画画把纸片撒了满地……他乘我不备，从床上爬到了窗台上，雪白的被单留下了几个脚印。"危险！"我叫了起来。"味（危）盐（险）！"他瞪大眼睛学我的样。人家急，他却逗人乐，真奈何他不得。

连哄带骗，才把他抱了下来。脚刚点地，他又嚷着要拉屎，急得我又找痰盂又端凳，汗都出来了。可到头来他却没拉，骗了我。我火冒三丈，使劲按他坐在沙发上，他却一颠一荡地自我取乐。

一会儿，他的脸憋得通红，又说要拉屎。我以为他在耍老花招，就没理他，自个儿看电视解闷。没料到他真拉了，就因为没照料他，拉在地板上，连裤子也沾着了。害得我忙了半个钟头，他却还"嘻嘻"地直笑。

我真想打他一顿解气，可是又举不起巴掌，他可是阿姨的宝贝呀！我瘫坐在沙发上。真没想到，领孩子竟是这么难啊！

没别的办法，我使出了绝招"撒手锏"，吓唬他："啊，老虎来了！"边说边装出恐惧的样子，还装模作样地怪叫。晖晖这下可连魂都吓飞了，忙扑到我身上，还要我去关门……

吵吵闹闹，哄哄骗骗，总算熬过了一个上午。

吃完饭，晖晖倒头就睡。是啊，那么胡闹了一上午，他不累才怪呢！

乘他熟睡时，我回忆着上午的事，准备下午的对策。看来，用"哄"、"吓"、"打"的办法领小孩，是当不好这个"小保姆"的。那么，应该怎样领呢？我想到了幼儿园的老师。领小孩能不能像幼儿园的老师一样，给孩子讲故事，做游戏，进行教育诱导呢？

"呵——"孩子打了个哈欠，醒了。一起床，我就问他："晖晖，要听故事吗？""要！"他大声回答，于是我给他讲了个《小山羊与大灰狼》的童话：

"……大灰狼来敲小山羊家的门，'笃笃笃'……"晖晖听得入了神，他托着下巴，瞪大了新奇的眼睛。

我又教他唱儿歌，跳舞，还给他背上书包，戴上红领巾"上学校"，见到"老师"敬个礼，说声："早！"学讲英语"bye bye"（再见）。不知不觉过了一个下午，孩子玩得很高兴，一次没闹过，我的"诱导"生效了！

吃晚饭时，我问晖晖："饭饭是怎么来的？""是农民伯伯种出来的，我不能浪费！”孩子用我教他的话回答，我欣喜万分。

我终于成功地当了一天的"小保姆"。当阿姨来领晖晖时，晖晖表演了我教他的小节目，还说："哥哥真好，明天我还要来，bye bye！"

这个下午不寂寞

谢心怡

"叮咚，叮咚——"

门打开了。

"啊，你怎么来了？"盈盈姐姐抚着门框，像一幅画，惊讶又欣喜。

"呵，呵，呵，你来得正好，你老姐正寂寞呢。"

盈盈姐姐与我最亲，是我最喜欢的姐姐。但最近她的腰伤了，走路不方便。还有她的眼里长了一粒"珍珠"，做了手术，用纱布包上了，根本无法见人。

盈盈姐姐老是说寂寞，因她的眼睛，使她不能干任何事。

"姐姐，你在上海上学好吗？有什么趣味的故事？""当然有，在学校里很好玩！上课吧，根本不算上课，嘻嘻，其实我们上课是一个人坐的，但又近似同桌。讲我上课坐姿嘛也是非常厉害：我上课身体是不正的，但头要正对黑板。当老师宣布做作业时，我会把身体转到斜后方，将作业放在同学的桌子上，等坐累了就换个姿势——"盈盈姐姐一口气讲着，还言犹未尽。

"嗯……你们可真大胆啊！""那当然！要不我再给你讲个故事吧，我们的化学教室被我们炸得一团糟：我们前几次点火柴最好玩儿了，因有些同学怕点火柴，所以也不敢熄灭便把火柴梗扔进垃圾桶，由于垃圾桶是红色的，刚开始便没有发觉，后来就……"

"呵呵，哈哈，嘻嘻，哈哈！"

一阵沉默……

"盈盈姐姐，你讲累了吧？我来给你讲《意林》？"

"老师要求我们每个人写一句激励自己的句子贴在课桌上作为座右铭。我冥思苦想，最后选择了周总理的为中华之崛起而读书。"

"等等，什么？为中华之崛起而读书！啊，这作者是谁和我这么有缘！"姐姐开心地叫道。

"呃，姐姐明显有些激动。"我小声嘟囔道。

"好吧，继续。"

"我想同学们肯定会对我投来敬佩的目光，老师也肯定会表扬我的座右铭有深度……"

时间过得真快，一个下午过去了，我得回家了。盈盈姐姐依依不舍。

站在门框，姐姐仍是一幅画。她走上前，我说："姐姐，这个下午还寂寞？"

姐姐回答得很简单："当然不会，因为有你——"

被寄走的哥哥

凌 晨

　　国庆节的一天，我和哥哥准备疯玩一天。当我们打开了电脑之后，就开始玩魔兽争霸三。我选了暗夜精灵族，哥哥选了亡灵族。我们刚要开打，突然，哥哥不见了！我找来找去也找不到。这时，电脑里出现了哥哥，他的身边有一大群人族的部队，原来哥哥被游戏中的人物寄到了游戏中了！

　　我的脑子嗡嗡直响：哥哥被人族的部队捉走了，该怎么办呢？忽然，一个天真的想法在我的脑子里冒了出来：如果我把他们全部打败了，我不就可以把哥哥救出来了吗？

　　说干就干，但是我如何进入电脑中呢？我试图一头钻进电脑里去，可是我试了三遍，我没能进入电脑，头上倒是撞出了三个大包。我轻轻地揉着头，想着该怎么办，突然，我陷进了地板里面，进了一个黑洞。

　　我醒来了，发现自己躺在一片柔软的草地上。脑袋晕晕的，这时，一个长得很奇怪的"人"出现在我的眼前，咦？这个人不是暗夜精灵族的猛兽德鲁伊吗？还没等我开口，鸟德倒先说话了："你好，尤迪安大人，我是你兄弟法瑞风暴之怒的使者，他昨天被人族抓走了，我们的群族正在遭遇灭顶之灾，请你帮帮我们吧！"我思考着他的话，他说我是尤迪安？！我看了看我的身子，哇，我真的是尤迪安！我拿来一个超级望远镜，看到了哥哥被大魔师抓了起来，心里不由得一阵愤怒。我毫不迟疑，立马抓起我的刀，朝人族基地跑去。

来到人族基地，我左杀杀、右杀杀，杀了一个又一个，终于，把哥哥救了出来。

我们兄弟相见后，哥哥义正词严地说："我要了你！"我正纳闷呢，就被杀了，我这才忘记了这是在游戏中。之后，哥哥回去了，而我却一直在游戏中流浪……

欢乐的厨房

周伊浓

爸爸进了厨房，腰里系上妈妈的围裙，兴奋地说："宝贝儿，今儿你妈休息，老爸掌勺，给你们娘俩做条鱼，炒几个菜，包二位满意！"说着抡了一下菜刀，"邦"地敲了一下案板。我太吃惊啦，老爸能行吗？于是好奇地跟进了厨房。

只见老爸拎着一条刮了鳞的鱼冲了冲，"邦、邦"剁成三段，放进盘里。"宝贝儿，择几棵小油菜，洗净！"老爸似乎在命令我。"行！"我拿出一个盆放到水池里，"哗"地打开水龙头，一颗一颗掰着那胖乎乎的小油菜，还没择两棵，水已溢出了盆。"快关上水龙头，太浪费了！"妈妈听见水声，也跳进了厨房。她一边关水龙头一边说："不当家，不知柴米贵！"我吐了吐舌头，扮了个鬼脸。这时，爸爸正往锅里倒花生油。是炒鱼吗？我正纳闷，就见爸爸把火调大，呼，呼呼……没几秒钟，油就冒烟了，烟越冒越大，呛得我不停地咳。"老爸，快把鱼下锅呀！""急什么，油烧得越热，菜越香！"说完，"滋啦"一下子鱼就入了锅。说时迟，那时快，锅里"呼"地腾起一股火苗，直冲向抽油烟机。我吓得

"嗖"地逃出了厨房，回头从门缝一看，老爸正手忙脚乱地盖上锅盖，嘴里嘀咕着："不好了，不好了。"随之，一股焦煳味弥漫开来。老爸打开门，一脸铜灰对我和妈妈说："遇事要冷静，要冷静。""哈哈哈……还冷静呢！"妈妈望着老爸的大花脸，笑出了眼泪，笑弯了腰。我也抱住爸爸的腰咯咯地笑个不停。"还说让我好好休息呢！气我是吧？去去去，在孩子面前丢脸了吧？"妈妈一边说一边解下爸爸的围裙系在自己腰上。"是是是，夫人批评得对。走，儿子，咱们下棋去！"老爸连连向妈妈作揖，然后拉着我进屋了。

欢乐的厨房又恢复了平静。

爱你有多远

崔世奇

　　6点到8点的作文课下了，我下了楼，天已经黑了。

　　我走在路上，慢慢地走着，抬头看到了月亮。今天的月亮很大，很圆。月光洒在地面上，朦朦胧胧的，我想起那个在海边弹琴的盲姑娘，蜡烛被一阵风吹熄了，满屋子的月光倾泻。

　　我回想着课上老师讲的故事，诗词、字谜、阅读……不知不觉，已经走到了那座广场最高大的楼房前。这座楼真高啊，我得抬起头，使劲仰着，才能看到楼顶。数了好几回都没数清有多少层。越数不清就越想数清。我忍不住想，"如果我长大以后的成就和这座楼房一样高大就好了。"

　　想着想着不知不觉已站在我家的楼门口，我按了楼门的门铃，家里人给我开了门。楼道里很黑，我慢慢地上着台阶。外面的月光和灯光照进来一点，可是楼道里还是黑得要命。我小心地走到二楼，一拐弯，感觉楼梯上有淡淡的一点光。走到三楼的时候，灯光更亮了。这灯光是从哪儿来的？我心想着。

　　突然传来一阵说话声，爸爸说："等她上来再开门也不急，你凉着怎么办？"妈妈说："楼道黑，孩子上楼梯摔倒怎么办？给她点光，上楼梯好看清楚。"这时我已走到四楼，我的眼睛湿润了。

这件事让我想起了，童年时回老家，妈妈在菜地里播种，我跟着妈妈在菜地里胡闹，我玩着玩着不小心把种子洒了，爸爸看见了说："看你闹的。"妈妈反对说："小孩子嘛，洒就洒了。"爸爸问我："怎么洒的？"我说："抓蝴蝶呀！"妈妈说："问什么问，你再问，我和你没完。"我欢蹦乱跳地走了。

进了家，我吃着热腾腾的饭，妈妈一直看着我。问我吃饱了没有？

写完作业，躺在床上准备睡觉。窗外的月光照得满屋子都是，像在童话里，我好像躺在一条小船上，要去美妙的旅行。

妈妈轻轻地抱起频频打着呵欠的我，我闭上了眼睛，在进入梦乡前，喃喃说："我爱你，从这里一直到月亮。""噢！那么远"，妈妈说。"真的非常远、非常远。"

妈妈轻轻地帮我盖好被子，低下头来，亲亲我，祝我晚安。

然后，妈妈躺在我的旁边，小声地微笑着说："我爱你，从这里一直到月亮，再……绕回来。"

妈妈不哭

张天乐

  我是一个爱哭的小女孩。爸爸大声说我，哭；妈妈小声骂我，哭；弹错了音符，哭；丢了东西，哭；写错一个字，哭；磕着碰着，哭……总之每天都会哭，不止一次。还好一会儿就"雨过天晴"。

  妈妈就爱哭，看书、看电视，只要感人的妈妈总会落泪。我爱哭是有遗传的。

  今年，我家发生了一件大事，让我改变了对哭的认识。正月十五这天，我的姥爷去世了，家里乱作一团，妈妈哭成泪人。我想说妈妈不哭了……没有人理我，没人管我……后来我去了大姑家。

  我的姥爷是个教授。出版过好多书和文章，多半是学术方面的。如《古代建筑》、《煤层气的开发和利用》等，我看不懂。还有一些写家乡的文章我非常喜欢看，如《回忆在忻州的岁月》、《数字和文学》、《眼中的傅山》。他戴着一副眼镜，高高的个子，瘦瘦的。我问的问题他什么都会，能一一细致地讲解，如奥数、古诗、百科知识……。姥爷写一手漂亮字，会吹笛子，会拉小提琴，会下象棋，会玩电脑……。姥爷家里书最多，八九个书柜里都是书，写字台上也是书，桌子上也是书，床上还是书。我去姥爷家就爱翻着看。那时，姥爷就告诉我要爱护书。我很受益，我的书什么时候都是崭新的。姥爷老夸我爱看书、爱学习，但不要偏科，就是体育也不能差……。

好几天后，我见到妈妈，她又苍老又憔悴，她眼睛红红的，呆呆地不说一句话。看到我后说："去学习去，一会儿给你做饭。"我不让眼泪掉下来，怕妈妈哭。我安慰妈妈说："这不是真的，一切都会过去。我听你的话，好好学习，不让你难过、伤心。"妈妈听了欣慰地点点头。泪水掉下来，我也哭出声来。心想：失去亲人的悲痛，我们可以哭。以前的一点点小事，我就又哭又闹，是多么的不该。

妈妈不哭，我也不哭。我们都要坚强地去面对生活的每一天。

疯狂之家

李琪琛

　　喔，老妈万岁、万岁，今天我在课堂上被老师表扬了，考试还考了98分，我在回家的路上似乎跟吃了蜜一样开心，回到家我告诉了家人，他们也很高兴，为我的表现好要疯狂一购。意思是——到超市购物。想买什么敞开地拿，人数三口（爸爸、妈妈、我）。

　　一说完，我们立马把自己的衣服穿好走出家门。我们走在路上，各自走得速度飞快，我突然放慢了脚步，看见了太阳撒下了万缕阳光照射着大地，在今天已撒下了早春的神秘。我又回过头一看，哇，前面就是北京华联。我的欲望更强了，我以10迈的速度冲向了北京华联。哦，到了，我高呼着，我们已在华联倒计时，6、5、4、3、2、1开始行动，我们一家人在街头有200%的回头率。

　　我一转头，我爸妈早已冲向了超市，我也立马冲向了超市。我推了个车，冲向二楼，什么中性笔、扑克、旱冰鞋、果冻、雪碧、可乐、粮果、饼干、西瓜、芒果、草莓……我在拿东西的时候，心想这疯狂一购可是百年一遇，一定要抓紧。我一回神自言自语地说："我爸妈这么长时间也没见着呢？"突然一个影子从我的眼前闪过，我揉了揉眼睛仔细一看，原来是老爸。我又心想，我一定要快、狠、准，才会比他们拿得多，我先要以很快的速度到商品地点，要拿好的商品，见贵的商品不要心软，就当享受了。时间飞快地过去了，"疯狂一购行动"结束了。

我推着手推车艰难地前进着，我和父母同时到了收银台，看见他们拿的商品比我的还多呢，老妈大多是生活用品，老爸大多是吃的；我是以玩、吃为主，收银员在结账时，我看见了超市人山人海，我在拿东西时也没发现这么多人呀。可能是我太专心了吧。我一转头只听收银员说："您的消费是3500.72元。"这个数字太惊人了，我妈把两个月的工资全部花掉了，我们全家高高兴兴地离开了超市。我知道我妈心里很心疼，但是为了鼓励我，她也不惜一切代价。妈妈谢谢你。走在回家的路上，我又发现天空中留下了太阳的足迹，粉红的天空星星点点，我们这次购物足够吃很长时间了。

哈哈，好有趣吧，你们赶快把自己身边有趣的事写成文章，让大家开怀一笑吧！

我的臭美老妈

刘丁元

我的老妈是个特爱臭美的人,这不,又开始叫起来了:"宝宝快拿一下化妆盒,我的吸油纸怎么不见了,是不是你又拿去玩了?"唉,这种苦日子什么时候才能到头呀!

每天早上时间本来是非常紧张的,再加上老妈的班车七点十分就到了。她一般六点二十分起床,从来不早起一分钟。

这周一我六点半起床,准备洗漱的时候,老妈早已神速般地叠了被子,准备了简单的早饭,然后便"从容"地在镜子前浓妆艳抹,满满的一支口红好像全部都要涂在嘴上,可还是觉得一"油"未尽似的,左照右照,恨不得把镜子抱住亲两口。当老妈回过神来,一看表时,已经七点整了。她便风驰电掣般地套上裤子、披上大衣、拎起包、拖上鞋就冲出大门,临走时还不忘从饭桌上拿起一个面包,一声"再见"便飞奔下楼去,当门"啪"的一声关上时,我们才发现她精心准备的午饭又忘带了。

唉,我好担心她赶不上班车呀,也不知道她今天的午饭如何解决。真想不通她为什么就不能少美一会儿呢?

妈妈的臭美在地上可以用，在水里也可以用。而且还发生了令人捧腹大笑的效果。

　　一次，老妈刚买了一款防水睫毛膏，为了臭显。特让我和她去游泳，想展示一下带妆下水。我们一切装备好，畅游了一会儿，当妈妈和我说话时，一摘泳镜可把我吓坏了：她闪动着蛮自信的"电眼"在两个特别黑的黑眼圈的映衬下，像个可爱的大熊猫。妈妈特别的尴尬，灰溜溜地先跑去洗干净。还一边唠叨，又上当了。

　　我的老妈真爱臭美，她可能是想留住青春吧。可在我心里还是喜欢自然美，原本的老妈永远是美丽的，我还是喜欢素面朝天的老妈。

无声的爱

倪嘉慧

有一个故事让我铭记一生。

有个即将出生的孩子问上帝："听说您就要把我送到人间去了，我这么小而无助，在那里怎么生存呢？"上帝说："我在众多的天使中给你挑了一位，她会照顾你的。"孩子又问："我听说人间有许多坏人，谁来保护我呢？"上帝说："你的天使会保护你，甚至不惜牺牲自己的生命！"此时天堂里一片宁静，人间的话语已隐约可闻。孩子匆匆地小声问："啊，上帝，我就要离开您了，请您告诉我，我的天使的名字！"上帝答道："你的天使的名字并不难记，你管你的天使叫妈妈！"

是的，从我来到人间起妈妈就给了我无尽的爱。爱，是人间最美好的感情；爱，使人间充满温暖。妈妈从来没有说过她有多爱我，但却在行动上用无声的语言说明了对我的爱。

那是一个寒冷的冬天。放了学，妈妈送我去上作文课。天黑得很早，还特别的冷，忙碌了一天的妈妈已显出几分疲惫，可是有肩周炎的她还是执意替我背上了那沉重的书包。我心疼地说："妈妈，今天的书包很重，我来背吧！"妈妈笑着对我说："不用了，我帮你背吧，上了一天课，一定很累吧！"。我从那一刻起就感觉到妈妈真好！正直下班高峰期，公交车上的人特别多，我们几乎站不稳脚，妈妈背着我的书包站在人群中左摇右晃。好不容易有了一个座位，妈妈让我坐了下来，自己却站在我旁边，还是不肯把书包给我。我悄悄地抬起双手托起了那沉重的书包，我要让妈妈减轻一点负担，长时间一个举的动作，我的小手麻木了，可我分明看到妈妈能直起腰了。快下车了，妈妈还是发现了我的秘密，感动地对我说："谢谢你，孩子。你长大了。"不知什么时候车上人的目光都集中到了我们身上……

　　下车了，我刚要和妈妈说再见，又想到妈妈还得背着我的书包回家。我灵机一动，想出了一个好办法。"妈妈，书包里还有我要带的东西呢！让我把东西拿出来！"妈妈似乎知道我心里想什么，会心地笑了。我匆匆地跑到教室，拿出了一大部分书放在了我的袋子里，又掂了掂书包，轻了许多，路上妈妈就不会太累了……

　　一个寒冷的冬天，我们相互被对方的爱温暖了！

逛 街

高若荻

　　今天我和妈妈又要去逛街了……

　　马上要过新年了，为了能让我在过年时穿上新衣服，漂漂亮亮地过年，我和妈妈已经逛过好几次街了，除了还差一双新鞋外，其余的已购齐，为了给我买鞋，我们已经逛了三次。

　　今天我们要去钟楼街逛逛，一到钟楼街我们就东进一家商店，西进一家超市，试了这双试那双，脱下旧鞋，试新鞋。冬天本来穿的衣服就多，再加上过年购物的人多，又来回地试穿，累得我满头大汗。妈妈看我忙不过来也帮我脱鞋穿鞋，看上个样子中意的，皮子不好；皮子好的，样子看不上的；样子中意、皮子又好的，价钱又太贵；好不容易逛到一双样子中意、皮子又好、价钱适中，赶紧让售货员阿姨拿一双，结果还没我穿的鞋号，我和妈妈一屁股坐在试鞋的凳子上：好无奈。

　　没办法我和妈妈只得打起精神，继续逛。我们好累……好渴……好饿……妈妈建议先去补充体力，然后再去搜索。我们坐在饭摊上，一边休息、一边吃东西、还一边回忆讨论着刚才的购物，说到有意思的地方，我和妈妈不时地笑出声来，在不知不觉中，我们吃完了饭，体力也在不知不觉中恢复了，重整旗鼓，杀入商场。

我们游逛了许多商场，每次进商场我们都是满怀希望，出来时都是垂头丧气。当我们又从一个商店出来时，妈妈把手搭在我的肩上：唉，还是没有合适的。突然妈妈说："咦，你都长得快有妈妈高了，说不定有些大人的鞋你也能穿"。是呀，我怎么没想到，大人的鞋买个小号的不就行了吗。确定了目标，我们又开始重新逛，看着寻着找着，突然一双红色的靴子吸引了我们的眼球，我们直奔目标，从货架上拿下靴子，仔细端详。它颜色鲜艳，上面还点缀着一些贝壳，皮子看起来还行，价钱也不贵，正好还有我穿的尺码，赶紧让售货员拿来一双试穿，呵，挺合适，就是它了。我们付了钱，拿上靴子，一路有说有笑地朝家走去。

回到家，拿出靴子，把新衣服都穿上，在镜子前走了好几圈，妈妈站在一旁欣赏着，看到我漂亮的新形象，一天的劳累都跑到了脑后，每年过年都有逛街的烦恼，但更有逛街的喜悦。

我的妈妈

刘 畅

　　我有一个幸福的家，从我懂事起，亲爱的妈妈就用一句句真诚话的教导我，帮助我健康地成长，用一个个行动影响着我，教育着我。

　　妈妈是一名工程师，她担任设计工作。经常加班加点地绘图纸，有时甚至工作到深夜。即使工作紧张忙碌，她也不忘记关心我。记得有一次，妈妈在单位加班，我和爸爸七点多钟吃完饭，爸爸对我说："小畅，等你妈回来再收拾桌子吧！"我点点头。我知道，今天妈妈又不能正点到家吃饭了。等到九点多钟，我该上床睡觉了也不见妈妈回来。爸爸看看饭桌上的凉菜凉饭止不住地抱怨："你妈妈真是个工作狂，地球缺了她还不是照样转？"过了一会儿，我禁不住困意就上床睡觉了。我朦朦胧胧地刚要睡着，就隐隐约约地听见门"咣当"一声响，然后就是妈妈熟悉的脚步声。妈妈到家的第一句话就是："畅畅睡了吗？"爸爸应声道："还没呢。你赶紧吃饭吧！"可是妈妈却疾步来到我的房间，轻轻地打开壁灯，悄悄地给我拽了拽被子。她一见我睁开了眼睛，就关切地问："刘畅，赶紧睡吧，明天还要上学呢。"望着妈妈那慈祥的面容，一股暖流涌入我的心田。是呀！妈妈回来这么晚，连饭都顾不上吃，就直奔我的屋里来，她一心想着我，可见，我在妈妈心目中的位置有多么重要！妈妈是多么疼爱我呀！

在这个温暖的家里有了妈妈的关心呵护，遇到烦心事我的心胸就会豁然开朗；遇到困难，妈妈那饱含深情的话语就会回荡在我耳边，陪伴我迈过一个又一个的坎坷。

妈妈的关爱和教育，是一首无字的歌，将伴我一生一世。

第五部分
梦想的风铃

咦!
秋天的落叶真香,
是谁?
是谁在空中撒下了
这么迷人的香料?
是秋姐姐在飞舞,
给大地留下醉人的芳香。

——陈畅《秋天的落叶》

一个有童话的童年

何欣航

很小很小的时候
我就收获了
一封封信
美人鱼用水草做的笔
给我来信
她在圣洁的天堂
生活很幸福
她天天拨开云层
仔细地看我快乐地游泳
圣诞老人给我一声问候
他刚刚从
我们家的窗户中溜出来
就因为我们家没有烟囱
他特别喜欢
家里浓浓的书香味

梦神也给我写信
他昨晚带我到了梦河中
星星沿着火把
围着我跳踢踏舞
我在白云做的蹦蹦床上
尽情地玩闹

小熊维尼不好意思地告诉我
在动物大会上
他的肚子里装满了蜂蜜
刚想表演唱歌
裤子却破了个大洞
动物们都哄堂大笑

大耳朵图图有点儿羞涩
不过，他自豪地告诉我
每个孩子都会尿床
但是——
每个孩子都是
爸爸妈妈的心肝宝贝

东京的小黑鬼在信中问我
你还胆小么？
他念咒语时

不那么结结巴巴了

魔术师也把所有的小鬼儿

变成了活泼善良的孩子

富饶的流星谷的

猫头鹰博士也给我写信

告诉我　我写的字真漂亮

她们还在皎洁的月光下

唱歌

跳舞

黑猫警长也拿起笔

夜色朦胧

街道上落满了树叶

他还守在自己的岗位上

他说如果有时间

我还可以去森林村讲故事

连可爱的小蟋蟀

也躲在厨房里

捡了根菜叶

就给我写信

连古筝中的小精灵

也在歌声中告诉我

我给了她生命
和永不枯竭的活力

桌子、椅子感谢我把他们
排得整整齐齐
我画的《小苹果公主》感谢我把她
打扮得漂漂亮亮

我的信来自丹麦、美国、日本……
还有本土的每一个地区
家里的每一个角落

打开一封封信
那些小人儿便一个个跳出来
爬上我的手
驻扎进我的心里
他们或者在桌上打滚儿
或者文静地与我说着悄悄话

后来,我渐渐发觉
每封信上的字
一个个长得特别像
细看
邮戳上的时间似乎有些"猫腻"
妈妈才笑着承认是她的"诡计"

不过，我一点儿也不悲伤失望
我亲吻妈妈，永远感谢和爱我的妈妈

以后我也要给我的孩子写信
很多很多　每天一封或者更多
让他们像我一样
童年生活中每天都有童话

梦想的风铃

（组诗）

陈 畅

梦中的春天

冬姑娘

扎着雪花领结

穿着素洁的裙装

款款而来

她在寒风中

欣赏，漫步

寻找春天

梅花在积雪中
迎着风霜
傲然怒放

哦，找到了
这就是她梦中的春天

风的脚印

风的脚印
还停留在
昙花的恳求里
求他
把最后一丝芳香
带走

风的脚印
散落在月夜的叶子上
他希望
树姐姐把他的脚印
和月光一起
当作礼物收藏

今夜的风

有点忧愁
却把芬芳的脚印
和风的祝福
送到家家户户

秋天的落叶

咦!
秋天的落叶真美,
是谁?
是谁在人间撒下了
金黄的颜料?
是秋姐姐穿上黄衣裳,
给我们留下色彩。

咦!
秋天的落叶真香,
是谁?
是谁在空中撒下了
这么迷人的香料?
是秋姐姐在飞舞,
给大地留下醉人的芳香。

冬天的模样

在童年的摇篮，
我总是想，
冬天什么模样？

我想——
雪花定然是冬婆婆的唾沫，
雪球定然是冬婆婆的脸蛋。

冬婆婆不开心了，
嘴巴闭得紧紧的。
太阳公公来安慰，
把温暖的阳光照耀。
冬婆婆又露出笑脸，
露出洁白的牙齿。
你看——
屋檐下垂挂的冰棍，
就是冬婆婆可爱的门牙！

找星星

（外二首）

祝　悦

还记得，

那幸福的约定，

星星，

星星，

为何看不到你？

流星划过的夜空，

我为你祝福，

啊，星星，

你躲到了哪里？

星星，

星星，

为何看不到你，

以前的星空难道是个谎言。

星星，

你出来吧，

让大家看看你的面目，

是城市的灯光胜过了你，

是乌云赖上了你，

你都不忘那次约定，

一起看流星雨的夜晚。

夜　路

夜晚，

真好，

有湛蓝的天空，

衬托出闪闪的星星，

有闪闪的星星，

陪你说话，

有皎洁的月光，

照亮未知的方向。

一步，两步，

回家的路还很长，

星星在讲故事，

月亮在指方向，

有了它们，

从此没有寂寞。

竹　笛

凄凉的旋律，
经典的歌曲，
一首又一首，
一声又一声，
传遍四方，
星星为我叫好，
月亮给我灯光，
夜晚不再孤独。

梦中的天使

李睿彤

在一个小房间里，天使——

她，嘴角挂着甜甜的笑

床头，有一个好大好大的梦想，

让她生命中唯一的妈妈回来。

让圣诞老爷爷驾着驯鹿，

把妈妈从天堂带回家。

闭上眼，就是那无情的火蛇，

吞噬了她的妈妈。

平安夜，

在梦中，

她看到美丽的妈妈，

被圣诞老爷爷装进了那只

长长，长长的长筒袜，

她早上醒来，晶莹的泪花

在眼角转瞬即逝，

袜子里，没有——妈妈！

圣诞节，

好热闹，

坐在床头，她，等着等着，

相信着，盼望着，

妈妈，总会来接我的。

雪，漫天飞舞，

飘着，飘着，飘着，

没有爸爸，妈妈走了，

夜晚，星星好亮，妈妈在哪儿呢？

女孩想。

她出了门，呆呆地

不知是多长时间

一小时？一天？一个月？

天使躺在雪地里，

安安静静地睡着了，

永远没有醒来。

第二天早上，

福利院门口，

一个女孩，

安静地睡着了，

她看见妈妈来接她了！

她们一起快快乐乐，去了天堂！

第六部分
迎着风的方向

　　每当小伙伴到我姥姥家玩时，我就把李子分给她们吃，她们都说好吃。虽然我嘴上没说什么，但是我心里却美滋滋的，因为这李子树给了我一个快乐的童年，让我懂得了分享果实的快乐。

——孟一丹《故乡的李子树》

一棵樱桃树

阎含章

清晨，美丽祥和的大森林里，动物们还在酣睡。小黄雀起得最早。他眼睛真尖，一眼就发现树下草窠里多了一粒红艳艳的东西。"有早餐啦！"小黄雀拍拍翠绿的翅膀，一个优雅的俯冲，鲜亮的果子就到嘴啦！"哇！真甜呀！从来没吃过这么好吃的果子。"小黄雀留恋地舔着小嘴，心里美滋滋的。他歪着头打量起吃剩的果核：粉嘟嘟、圆滚滚的，从来没见过！

不久，太阳公公和清风姐姐把大森林唤醒了，是个秋高气爽的好日子呢！大树小树都睁开眼，伸展四肢，梳妆整理。柳树姑姑甩了甩绿油油的长发，发现离她的长裙不远处有个粉嘟嘟、圆滚滚的小果核，就惊讶地问："这是谁家的孩子呀？"小黄雀嗓门真亮；"不知道！红红的，可甜啦！可甜啦！"饱经岁月的榆树婆婆闻声探过头来，眯起眼睛看了又看，自言自语地说："这么早结果的，一定是樱桃妹妹。可她的孩子怎么跑到这来了？从小就离乡背井的，要长大可不容易啊！"大伙听了都默不作声。要知道，樱桃本来就很难成活，加上这里风大，雨水少，就算侥幸生根了，也难保不被小兔、小猴这些淘气包欺负，何况还有讨厌的害虫……大家正在犯嘀咕，响起了一个坚定的声音："让我们一起来照顾小樱桃吧！"原来是松树爷爷发话了。他激动地说："即使只有百分之一的希望，也要做百分之百的努力！""对！我们都来想办法！"大家决定，尽力帮助樱桃宝宝，让他在阳光、雨露的滋润下长大成材！

大树们围着樱桃宝宝跳起集体舞，小果核觉得周围的土壤越来越松软，不知什么时候就围成了一个温暖的小睡袋。每棵大树都从身上抖下几片叶子，轻轻地盖在樱桃宝宝的身上，还把最有养分的泥土努力推到他的四周。起风了，大树用身体组成围墙，让樱桃宝宝不受惊吓，下雨了，大树用叶子织成大伞，只让细细的雨滴慢慢地滋润小种子……

这一觉睡得真舒服！樱桃宝宝就这样甜甜美美地睡了几个月，一直睡到第二年春天！桃花儿开了，小燕子飞回来了，弱小的樱桃树苗也奇迹般地长出来了！当然，他还很不起眼，甚至还没有鸡冠花那么高，但长得生机勃勃，绿意盎然，大树们高兴极了，更加关怀他、爱护他。

"小鹿，来我这玩吧，别把小樱桃踩坏了！"画眉鸟着急地喊，小鹿立刻调头了。"小熊，别靠近小樱桃，听话就给你花蜜！"梨树妈妈一声呼唤，小熊也乖乖地跑开了。

寒来暑往，冬去春来，转眼又是一年。不起眼的小樱桃已经长成了一棵亭亭玉立的小树。嫩绿的枝条，青翠的新叶，在微风中翩翩起舞。森林里的朋友们都暗暗为他高兴！可是，过了些天，樱桃树生病了，天天没精打采的，还直喊"肚子疼"。小黄雀赶快请来啄木鸟医生，他给樱桃树做了全面检查，从树干里掏出来好几条寄生虫——原来是红颈天牛在捣乱！经过这次波折，小鸟们都表示，要看好红颈天牛，决不让她再欺负樱桃树了！从此后，樱桃树长得更高也更快了。

　　一位作家路过这里，看到樱桃树健康苗壮的样子，不禁赞叹道："小树的生命力如此顽强，我要把他写进书里，让世人都来赞美他！"小樱桃树连忙摇头："值得赞美的不是我，而是照料我、养育我的大森林……"

一棵板栗树

张蓝天

如今，它瑟缩着，望着越来越苍白而高远的天空，嗡嗡地哭了。秋雨打着它的脸，它阴郁地站着，让褐色的苔掩住它身上的皱纹。无情的秋天剥下了它的衣裳，它只好枯秃地站在那里。

春天，在那若有若无的蛙鸣中，在那五月，在那百花齐放的日子里，它的花，是这么微小！它又哭了，泪，珠帘一样流淌，它却听见牡丹的媚笑，桃花在美美地笑……它，在天地之间，只似一根枯木桩！它是多么惆怅，一切都是春天——崭新的，而它，却像一个旧思想，旧衣着的老人站在穿着全新绸衣的沉鱼落雁女子之中，它是多么苍老，简直配不上这春天，春雨悄悄地绕开，春风轻轻溜开……人是总归要离去的，离开像一场梦，当梦散了，便没有任何牵挂，万事皆空，可它是树，除了什么刻意破坏，它会倒下吗？是的，它要永远带着这凄凉的容颜立在坚实的大地上！

花是嫩弱的，花骨朵儿也不见繁，衣白了，太淡了。那薄的感觉像一层纸，没有厚实的手感，也没有抹粉的媚丽，像是病了的苍白脸上苦涩涩的，掺杂着一些极淡的黄色，水灵灵的，像风稍一吹过，便会淌出泪珠一样。树下，遥遥地看，像一盏盏白莲灯，火光很小很小，似乎树枝微微一抖，便会黯淡下去。它强忍着泪，将纯洁的花点到了花落时。

当一朵朵白蝴蝶飞了，颤颤地挨在了树根上。它，感到有伟大的灵魂在鼓励它，那便是花，它觉得花灯点亮了它的心，昔日梦尚去，自己能倒下吗？不，它虽老了，四季都不喜欢它，可是，它的脚步虽小，可它拥有它脚下的土地。

黄鹂、鹭鸶围在牡丹花落的地方，云雀依然爱着桃花，就连麻雀也蹦向迎春花……忽地，它觉得什么落在了它肩头，不，是海燕，带着几只幼鸟。它眼眶湿润了，海燕，要飞往另一个大海。它想着，海燕似乎累了，淡蓝加纯黑的羽毛没有任何缺点，鸟儿恋恋地看了一眼它，眼里充满了深邃的目光。鸟儿高居悲鸣：我生活虽苦，但要搏击狂风巨浪，我们向一切飞出，毫不惧怕，我们是天空的主人，能征服暴风雨！它听了，精神百倍，泪也涌出来，这泪，是甜的。

秋雨，又打下来，它有了泪的果实，这一年的泪，精炼了果实。泪是辛酸、痛心的，当摸着它的果实，刺扎着手，心中的思绪不断涌出，心一寒，所有摸过果实的人都哭了。这泪，是堆积的伤痛，在这秋雨中，萦绕。

它，想念着海燕，自己身上，曾有那令人激动、感激的鸟儿亲切的气息，而鸟，不知又去了多么凶的海了吧！一去不复回，它，一直在眺望远方……那只鸟，是它魂牵梦萦的亲人。

几年了，海燕，长大的幼鸟飞来告诉它，海燕顽强地跟巨浪搏击，被卷到礁石上，身体失去了知觉，再也不能飞翔在天空，只在慢慢地离去……它惊呆了，心像锤了一下，语言击出了它的泪水，它号啕大哭，和着秋雨，让天地都知道它的痛苦……

　　它是一棵板栗树，是一棵泪之树，它终日仰望蓝天，仿佛看见了，那只海燕，在微笑……

家乡的银杏

李婧涵

郯城有"银杏之乡"的美称！有时在去老家的路上，映入眼帘的是一棵棵银杏树，它是一种珍贵的树种。

我家住在育才中学，那里有小银杏树林，我经常到那里去玩。我发现了银杏的树干很特别！别的树都是有一个主干，然后从主干的侧面长出许多侧枝，而银杏树刚开始有一个主干，长到一定程度，就直接分出许多粗的侧干。银杏也很特别，像一把打开的扇子，但不同于扇子的是，它的中间有个小缺口，而且边缘有波纹，它们的形状差不多都一样。在春天，银杏的叶子是绿色的，而到秋天，叶子变黄了，从树上飘下来，像飞舞的蝴蝶。银杏的种子是椭圆形，外面有橙黄色带臭味的种皮，果里面的核还可以做成口哨，果仁可以吃。

说到银杏的用途，那可是数也数不清。它的果实非常好吃，它可以入药。银杏的叶子晒干后，被制成茶叶，泡出来的茶很好喝，对人的身体健康有好处。听奶奶讲：我们睡觉的枕头，如果用干燥的银杏叶填满，睡在上面，头不疼，肩不酸，非常舒服；听爷爷讲：在银杏叶里提炼出来的东西，可以治疗心脑血管疾病。所以它的经济价值很高。

银杏又称白果、公孙树，被称为植物界的"元老"。

我看见育才中学的"银杏园志"上介绍：1942年5月，中国科学院院长郭沫若先生曾庄严地推举中国银杏为中国的国树，用热情洋溢的笔赞誉银杏为"东方的圣者，中国人文有生命的纪念塔……"。

我们要保护银杏，不要破坏银杏，银杏是我们的好朋友。

故乡的李子树

孟一丹

　　故乡，给我留下了梦幻般缤纷的记忆，那紫色的茄子，那灿若繁星、叫不出名的野花，那望去像铺撒着碎金似的玉米地……这一切都时时浮现在我的眼前，尤其令我不能忘怀的是姥姥家的李子树。

　　每年，当春风刚刚吹走雪花，柳树便开始抽出嫩绿的小芽，可此时李子树的形状和冬天没什么两样，我想：李子树为什么还不发芽呢？

　　几天以后，李子树不知不觉地开始发芽了，很快便长出了叶子，叶子很茂盛，我和几个小朋友经常围着树玩耍。一阵轻风吹过，树叶"沙沙"地响了起来，好像在给春风伴奏似的。过了一个多月，李子树结出了一个个豆大的小李子，我想：李子现在是不是可以吃了呢？我和几个小朋友好奇地摘下来一个，啊！酸死我了，我龇牙咧嘴地吐了出来，原来李子没熟呀，大家都笑了。过了几个星期，李子的皮变成了紫色，谁看到都会流出口水来的。我总是缠着姥姥问："怎么还不摘李子呀？"姥姥说："还早着呢。"我不信，就摘下来一个尝了尝，哎呀，酸死我了，眼睛立刻留出了眼泪，牙都倒了。姥姥却说："我叫你不要吃，你非要吃，这下，你知道了吧！紫皮李子和其他李子不一样，光看外表是不行的。"

转眼间，满枝的李子一个个像宝石一样晶莹，外面挂了一层白霜。"李子熟了！李子熟了！"我边嚷嚷着，边和家人去摘李子。成熟的李子有的已经直接掉在了地上，上面裂了一个小口，好像对着我笑呢！捡起一个洗干净，紫黑色的皮，黄里透红的果肉，给人一种香甜的感觉。闻着阵阵清香，再看里边的果肉夹着的汁水，我恨不得一口将它吞下去。每当小伙伴到我姥姥家玩时，我就把李子分给她们吃，她们都说好吃。虽然我嘴上没说什么，但是我心里却美滋滋的，因为这李子树给了我一个快乐的童年，让我懂得了分享果实的快乐。

想起故乡，就想起李子树。我爱故乡，我更爱故乡的李子树。

植物园花展

丁 宁

在我书柜里有一本别致的相册,里面有许多花的照片。每次看到这些照片我就会想起去年寒假里参观植物园花展的事。

寒假里的一天,爸爸、妈妈、叔叔、奶奶和我一起到植物园里的热带温室参观花展。听爸爸说那里是亚洲最大的热带温室。

植物园里,一座一大一小两个球体组成的建筑吸引了我。妈妈告诉我:"这就是热带温室。"一进入温室,一股暖流迎面扑来。室外是寒风凛冽,但室内却是姹紫嫣红,百花争艳,一派春天的景象。温室里的花千千万万:有高傲的"贵妃",有素雅的茶花,有散发着阵阵清香的"美叶光萼荷",最漂亮的要数兰花了。兰花是我国传统的名花,它清新飘逸的幽香,端庄高雅的风韵,历来为人们所推崇和钟爱。朱德也很喜欢兰花,他曾做过一首赞颂兰花的诗:幽兰吐秀乔林下,仍自盘根众草旁。纵使无人见欣赏,依然自得地含芳。

这里不光有美丽的花朵,还有许多有趣的树木。"香槟树"就是一种。"香槟树"之所以叫这个名字,是因为它的树干上细下粗，像盛香槟酒的瓶子。在《鸟的天堂》这一篇课文中，巴金所描绘的大榕树，温室里也有一棵。这棵榕树虽不及《鸟的天堂》中的榕树庞大，但也占了不小的地方。

　　"丁丁，快来看，这株'美叶光萼荷'多漂亮啊！"我朝妈妈手指的方向看去。啊！一株十分美丽的"美叶光萼荷"呈现在我眼前：粉红色的花瓣中点缀着几粒藕荷色花蕊，在绿叶的衬托下显得格外娇艳。"咱们在这株'美叶光萼荷'旁边照张相吧！""好啊！"叔叔赞成奶奶的想法。大家摆好了姿势，随着"咔嚓"一声，这一瞬间被相机记录下来，我想我会永远珍藏这张照片。

　　直到今天，这件事我依旧记忆犹新，难以忘怀。植物王国真是多姿多彩！

春天的月季花

于雪连

　　当冬爷爷不辞而别，春姑娘来到人间时，嫩黄的迎春花、洁白的水仙花、淡绿的兰花……把大地装扮得格外美丽。花中皇后——月季花也开出了美丽的花朵，她那动人的身姿使人顿生爱慕之情。只见那纵横交错的绿叶间衬托着一朵朵粉红色的花，花中镶嵌着一束金黄色的花蕊，散发出一股浓郁的芳香。远远望去，一簇簇粉红色的花朵，好似天边的红霞，微风吹过，花朵在风中轻轻摇曳，恰似妩媚动人的少女，舞动着飘逸的彩裙，真是风情万种。辛勤的蜜蜂和美丽的彩蝶在花丛中翩翩起舞。无论你多么疲惫，只要闻一闻花朵的香气，顿时便会心旷神怡。看着花儿秀丽的神韵，闻着那沁人的清香，我渐渐地陶醉了，仿佛走进了人间仙境。

　　不知什么时候，天空中落下了春雨，雨像绢丝一般，又轻又细，听不见淅淅沥沥的响声，更感觉不到被大雨浇湿的那种痛快淋漓，只觉得眼前好似有一种湿漉漉的烟雾……在绵绵小雨中，一枝枝亭亭玉立的月季花像一个个披着轻纱在雨中沐浴的仙女，含笑伫立，娇羞欲语，嫩蕊凝珠，盈盈欲滴，清香阵阵，沁人心脾。雨过天晴，月季花的花瓣上聚拢着一颗颗小雨滴，晶莹透亮，像一颗颗璀璨的珍珠撒在花瓣上，闪烁着晶莹的亮光，又似碧玉盘中镶嵌的明珠，还像蓝天上悬挂的点点繁星。微风吹过，小雨滴便顺着花瓣滑到黄金般的花蕊上，仿佛一个个调皮的孩童在滑滑梯。多么美妙的情景啊！

　　月季花似贵妇般典雅脱俗，风姿绰约；月季花如诗般瑰丽，如梦般甜蜜，如酒般香醇。满园春色，百花争艳，却没有一株花能赛过月季花，她那婀娜的身姿令人陶醉，令人惊羡。月季花啊，我爱你！

我爱野菊花

蒋雄文

你见过生长在山坡野地上的野菊花吗？你喜爱那满山遍野的野菊花吗？也许，它不惹人注目，因为它只不过是一朵朵普普通通的小花。

我特别喜爱野菊花。记得我小时候住在南方的外婆家，一年秋天，外公外婆带我到野外去玩。来到一处山坡上，只见满山坡盛开着金灿灿的野菊花，它们那小小的绿色叶片衬托着小小的黄色花朵，好看极了。可当它们还没有开花的时候，人们会误认为它们是一棵棵小草。秋天，一旦开花，它们就显得很美，美得自然，美得朴实。它们没有迷人的芬芳，更没有牡丹的雍容华贵，但它们的生命力很强，花期也长，到了深秋初冬时节，百花凋谢，它们却依然开放。

外婆告诉我，野菊花还有很多用途。那天我爬上山坡去摘花时，不小心滑了一跤，腿上擦破了皮，出血了，我直叫疼。这时外婆马上摘下几朵盛开的野菊花，挤出汁，敷在我的伤口上，我顿时觉得伤口处清凉清凉的，不几天伤口就好了。外婆说，野菊花有消毒止血的功能。过去穷人家治伤买不起药，就用干野菊花熬水洗伤口，特别有效。外婆还说，野菊花还是一种中药，能清热败火，治感冒，真没有想到野菊花有这么多用途。

我长大回到北方上学以后，心里总是惦记着野菊花，外婆听说后给我寄来一大包野菊花。妈妈教我把野菊花洗净晒干，泡茶喝，我喝过红茶、绿茶，可从来没喝过野菊花茶。我泡了一杯，尝了一口，只觉得沁人的清香直入肺腑，真顶得上清凉饮料呢。

野菊花生长在野外，默默地、无私地向人们奉献。我喜爱它的平凡、它的朴素、它的顽强。我觉得人不也需要有一点野菊花的精神吗？我们要像它那样默默地生长，不求索取，只是给予……

我爱野菊花，我愿做一朵小小的野菊花。

栀子花

王　坤

"咦！这是什么花？""嗯……好像是茉莉花。""不，是海棠花！""不对，应该是白菊花。"当尹老师把一盆花搬到桌上时，同学们你一言我一语地议论道。"你们都说错了。"尹老师神秘地一笑，"这是栀子花。"

我一下子想起了小时背过的儿歌《七月栀子头上戴》和歌曲《栀子花开》。这就是大名鼎鼎的栀子花？依我看，它更像一株枝叶茂盛的小树！

栀子花的干大约有拇指粗细，远看很粗糙，但一摸才发现很光滑。栀子花细细的枝像手指一般向四面八方伸去。它的叶子狭长，是枣核形的，中间宽，首尾两头尖。叶子的颜色不尽相同，向阳的叶子是墨绿的，向内的已经泛黄，中间的叶子是翠绿色的，像碧绿的翡翠，很有层次。栀子花所有的叶子都是向上长的，都想吸收更多的阳光，不像柳树、杨树叶是耷拉着的。

栀子花的花朵是白色的，一层包一层，外边的花瓣是向外长的，里面的花瓣是向内长的，包着淡黄的花蕊。只见栀子花有的欣然怒放、争妍斗艳，洁白的花瓣显得十分高雅，在绿叶的衬托下露出了迷人的笑脸；有的含苞欲放，花苞十分饱满，好像马上就要开放似的；有的只伸展出一两个小花瓣儿，好像是小姑娘害羞地抿着嘴笑；还有的即将凋零，花瓣呈黄色，露出了金色的花蕊。栀子花真美！

"哪来的阵阵幽香？"噢，是花香四溢、芬芳迷人的栀子花的香气。吸一口香气，就仿佛一口香茶含在口中。嗯，那些即将凋零的花是否有香味儿呢？我又凑了过去俯下身闻了闻……怪了！这花怎么凋零了还有余香！这使我一下子想到了离退休老干部，他们虽然已经走过了一生最辉煌的日子，但并没有因为离退休而闲下来，相反，他们仍在默默无闻地奉献、吃苦耐劳地工作着。他们不求名利、不爱张扬，在人生的晚年仍旧吐露着芬芳。我不由得再次感叹：栀子花好香啊！

也许，栀子花不如牡丹花那样漂亮；也许，栀子花没有梅花那样婀娜多姿；也许，栀子花根本无法像百合、玫瑰那样让人一见就生爱慕之心。但我就是喜欢它、敬佩它！我喜欢它的美丽，喜欢它的芳香，敬佩它的精神，敬佩它那种"盛开香，凋谢也香"的品质。

故乡的竹林

林 坤

我在北京已经生活5年了，这5年中，我的变化很大，但唯一没变的，就是对故乡竹林的喜爱。

春雨绵绵，沉睡的竹笋重新焕发了生机，一夜之间，新竹满地，鹅黄色的笋尖上，闪烁着晶莹的露珠。竹笋越长越高，尖尖的脑袋好像要把天空顶破似的。此时，竹笋在一节一节地向上拔，仔细地听听，仿佛能听见"吱吱"的声音。竹笋渐渐长大了，摇身一变，就变成了青翠的竹子。那么多的竹子，一根挨着一根，很快便形成了一片让人感到神秘的竹林。

竹子很绿，但它不像松树绿得那样浑厚，也不像嫩草绿得那样刺眼。那种绿，是一种清新而淡雅的绿。它绿得不深不浅，不浓不艳，让人看了有一种想去接近它的冲动，使人感到它的生机。

竹子很直，也很清秀。你看，清新而淡雅的绿与它那笔直的身躯配在一起，似乎它从一发芽就从未被压弯过腰似的。不是吗？你看那一根根竹子，越往上越尖，越往上越细，好像一支支细长的毛笔，插在天地间。请你不要被竹子的外表所迷惑，它也会开花！它开的花颜色淡淡的，让人感到一种清新淡雅的美，朵朵花儿散发出阵阵幽香，沁人心脾。据说竹子开花后就会枯萎，但它毕竟用自己的生命演绎了一篇辉煌的乐章。

竹子很坚韧。"咬定青山不放松，立根原在破岩中。千磨万击还坚劲，任尔东西南北风。"这首诗高度赞扬了竹子。人们在欣赏竹子的同时，也往往会被它那种坚忍不拔的高尚品质所感动。

故乡的竹林啊，我深爱着你！我爱你的青翠欲滴，爱你的坚强不屈，更爱你那"风过不折，雨过不浊"的精神！

皂荚树

刘华明

　　我家门前有棵高大挺拔的树，人们叫它"皂荚树"。

　　阳春三月，这棵皂荚树已变得青翠碧绿了，开出一朵朵像刺槐花串似的白色小花，并露出了柔软的小刺。沙沙的春雨洒在它那挨挨挤挤的嫩叶上，及时给它送来了"乳汁"，催它生长。

　　到了夏天，皂荚树的叶子长得郁郁葱葱，遮天蔽日，像一位顶天立地的巨人屹立不动。这时的树上，小刺长得比最初黄了一些，小皂荚也长出了许多。树下面的那片荫凉，在我们乡下是天然的休息场所。一些调皮的小孩子经常在这棵树下"钓鱼"、"升级"、下象棋，这里好像已成了他们的极乐世界。不少大人也经常在中午时分坐在树下乘凉、聊天，天南海北、古往今来，他们无所不谈。看来人们都挺喜欢这棵树的。

　　秋天，皂荚树的树杈上挂满了黑黝黝的皂荚。猛一看，仿佛是一把把黑镰刀，难怪人们给皂荚树编的谜语是这样说的："一棵树，高又高，上面挂着万把刀。"皂荚刚成熟，就有不少人来我家门前收皂荚。人们告诉我：皂荚是做肥皂的原料。这时我才明白它为什么叫"皂荚"了。收皂荚的人还告诉我：中药铺里收购皂荚刺，那是良药。皂荚树原来还有这么多的用途呀！看看挂在树上的皂荚，再看看那树枝上露出的已变黑了的坚硬的皂荚刺，虽然没有多少诗意，但我依然很喜爱它。

冬天到了，皂荚树叶子落了，枝干挺向空中，显得更加高大。它是在积蓄力量，要在来年多做贡献。

芦　荟

张佳硕

　　搬入新家才几天，阳台上便多了几盆绿色的植物，那是用来净化房间空气的。淡绿色的植物，散发着淡淡的清香。在这些植物中，我最喜欢那盆显得有点盛气凌人的芦荟了！

　　芦荟长得碧绿碧绿的，它的叶子又厚又长，仿佛一柄柄笔直的长矛。芦荟每一片叶子的两边还对称地生出坚硬的、三角形的尖，看上去像一把锯齿，锋利地插向空中，真让人敢望而不敢即。短小的叶片，还没有长刺，也宛如一枝枝锋利的箭，直直地射出去。一盆芦荟大约有二三十片叶子，它们有规律地生长着，有次序地排列着。芦荟从根部抽出第一片叶子后，在它的左上方又生出一片来，与第一片紧紧地挨着，然后又从第二片叶子的左上方挤出来第三片叶子……芦荟就这样一圈又一圈，一层又一层地向上生长，一簇压在另一簇上面，叠罗汉似的，密得很难看到什么缝隙，层层叠叠，远远看去，似乎整个芦荟都在转动，真是有趣极了！

　　尽管芦荟的叶片是如此之多，如此的茂密，但是每一片叶子都是那么生机勃勃。芦荟有一个硕大的根，为它的生长提供了许多的养分。所有的叶片都鼓鼓的，长得十分粗壮。每一片叶子都不甘落后，它们都争先恐后地从叶片微小的缝隙中或笔直地穿过或顶开其他比自己粗厚两三倍的叶片，争取阳光的宠爱。即使是第一片叶子，虽然被上面层叠的叶片压在最底层，变得凹凸不平，但它也把自己积蓄的养分深深地输送到硕大的根部，从根部又生出三四片锋利如刀的小叶片。叶片们谁也不甘落后，谁也不甘衰老，似乎都在阳光的照耀下，快乐地叫喊着："看我长得多高！看我长得多壮！"

芦荟是那么的绿，那样的虎虎有生气，一直向上伸展。年迈的叶子昂然挺立，新生的小叶朝气蓬勃。啊，我喜欢芦荟，喜欢它那乐观向上、勇攀高峰的精神！

我爱故乡的柿树

马海青

　　我的老家在山东的一个小山村，我的童年就是在那里度过的。小时候，远在北京的父母，因为工作关系把我送回老家，让我和姥姥一起生活。那里，虽然没有幼儿园，却有许多天真、可爱的小伙伴；那里，曾是我儿时的摇篮，我童年的乐园。

　　我们的小村子，有十几户人家。村子前面有一个大池塘，池塘里种满了莲藕。盛夏时节，满塘的荷花盛开了，更妙的是那刚长出的嫩藕，吃起来凉津津、甜滋滋的。

　　在我们村子的后面，有好大的一片柿树林。

　　4月份，柿树开花了，淡黄色的、肥厚的花儿挂满了树枝。幼果一旦长出，花就脱落了。我们几个孩子找来细而柔韧的葛子秧，把花穿起来，戴满头，挂满身，村前村后地追跑着，嬉闹着，那是一种令我至今无法忘怀的美好心情。

　　7月份，柿树开始落果了，有鸡蛋大小。我们可高兴了，把这些柿果放在小罐罐里用清水泡上五六天，吃起来不但不涩，而且又脆又甜。那时候，我们几个孩子哪一个没有几个泡柿果的小罐罐？

10月，青青的柿子已经上了几场霜，变黄了。叶子也开始变成红的、紫的、黄的，斑斑驳驳。一棵棵柿树变成了顶顶色彩斑斓的巨伞。那柿果，挤在一起，抱成一团，火红火红的，远远望去，像挂起了一串串小灯笼。最热闹的，要算是收柿子了。你看吧，大篓小筐、车子、扁担，都摆在树下；梯子、高脚、齿网、篮子，也都运到树下，由大人们摘收。我们这些孩子，理所当然成了大人们的小帮手。你听吧，到处都是丰收后的欢笑声。

　　柿子采收后，村里的人们要进行盛大的庆祝，用柿子加工的美味食品摆满桌、摆满凳……那时的幸福和甜蜜就如同吮吸柿子的蜜汁，慢慢地注入我的心田，滋润着我的每一寸肌肤。从此，那幸福和甜蜜就深深地印在我的心里，让我在梦中也仰望那色彩斑斓的巨伞呢喃：我爱你，故乡的柿树！

我爱腊梅花

朱菊艳

　　每当风雪降临，万木枯落，我眼前就会出现一株株傲雪怒放的腊梅花，因为我深爱着它们。

　　我爱腊梅花，爱它那淡淡的清香。它没有玫瑰花那样娇嫩欲滴，也没有玉兰花那样芳香扑鼻，更不像含笑花那样惹人喜爱。但是，你只要轻轻拿起腊梅花一闻，淡淡的芳香随之扑鼻而来，味道清新淡雅，令你神清气爽，还能消除你一天的疲劳呢！

　　我爱腊梅花，爱它那可爱的外形。腊梅花比桂花大，比兰花小一点。它的花瓣嫩黄嫩黄的，柔柔的，犹如丝绸。在花瓣下面还有个小小的花托，一眼望去，像一个小姑娘穿上了一条美丽的超短裙！又像一位舞者围在绿色的毯子上翩翩起舞，可爱极了。

　　我爱腊梅花，爱它那朴实的品格。春天，花儿们争奇斗妍，但一到冬天，它们就没精打采，一个个悄悄地躲起来凋谢了。而此时腊梅花却凌寒独放，为冬注入了活力。当冰雪融化，大地慢慢从寒冬中苏醒时，开放了一冬的腊梅花就悄无声息地离去了。看着春天里的花朵们再次竞相开放，又迎来了一片繁荣的景象，腊梅花在暗暗地微笑，默默地祝福着其他花朵。

　　是啊！它因繁荣昌盛而微笑，为国富民强而祝福。

　　腊梅花，我爱你！

油菜

孙 童

　　花儿是美丽的，它们为了美化这个世界而生存；这个世界也正因为有了这些花朵，才变得如此多姿多彩。一年四季中，每一季都有花开。春天更是百花盛开、争奇斗艳的好季节。在许许多多的花儿中，我最喜欢的要数那朴实的油菜花了。在我眼里，它是最耀眼的明星。

　　当春风拂过大地时，当金黄的迎春花凋零时，油菜开始发芽了，接着便开出了小小的、一丛一丛的花朵。油菜花金黄金黄的，哦，不！在那金黄的颜色中，似乎还透着一点淡淡的、嫩嫩的绿色，好似一层薄纱，若有若无，真不愧是"魔术师"春姑娘的杰作。油菜花的花瓣摸起来柔韧而又带有弹性，贴在脸上好像水一样的柔滑，又像芦荟一样的细腻，有一种说不出的美妙感觉。

　　油菜花开也像广玉兰一样有早有迟，在一株油菜茎上能看到花的各种姿态。有的含苞欲放，嫩黄的花骨朵儿，鲜嫩可爱；有的半开半闭，像一个小姑娘，悄悄地从遮住脸颊的双手中，害羞地露出半边脸；有的刚刚绽放，蜜蜂、蝴蝶就争先恐后地飞过去。盛开着的油菜花像一个个天真烂漫的少女，热情、奔放。

　　油菜花有一种芳香馥郁的气息，香味儿虽然有些浓烈，但给人的感觉却是那样的温馨。早晨，你来到油菜花中，一阵夹着花香的风迎面吹来，此时你立刻就会清爽许多。

　　我爱这热情、耀眼、纯洁的油菜花！